暴食のベルセルク 5
Berserk of Gluttony

「キャアッ、俺が襲ってくる!」
「しっかりしなさい。あなたはフェイなのでしょ?」

「ん？……もしかして、ロキシー？」

「どうやら、我慢できなくなってしまったようです」
「そこをなんとかできないのか。場所が悪い」
「無理ですね。全部、フェイト様が悪いんですよ……」

暴食のベルセルク
～俺だけレベルという概念を突破して最強～
⑤

著：一色一凛
イラスト：fame

GCN文庫

Contents

Berserk of Gluttony
5

Story by Ichika Isshiki
Illustration by fame

第1話　静かな異変

ラーファルによって大きな被害が出てしまった軍事区の復興は、もう少しで終わろうとしていた。

軍事区に立ち並ぶ高い建物の明かりは戻り、そこで働く研究者たちが忙しなく働いている。今までに失った時間を、少しでも取り戻したいと言わんばかりだ。

ロキシーの部下である壮年の男ムガンには、そこで働く娘がいるのだが、寝る間も惜しんで研究に没頭しているようで、全く家に戻ってこないと嘆いていた。

彼は俺のことをガリアで会った時から気に入っていたみたいで、事あるごとに酒場に誘われる仲になってしまった。

今も日が暮れてから行きつけの酒場で、彼と酒を飲んでいる最中である。

ムガンは酔うとよく喋る。

その話のほとんどは、年頃の娘がガリアの失われた技術の研究にしか興味がないという内容だ。

父親としては彼女の将来をあんじて人並みの家庭を持ってもらいたいと、ワインをガブガブと飲みながら熱弁を振るう。そんな娘が最近、俺にご執心なのでムガンは酒を一緒に飲むたびにいろいろと聞いてくるのだ。

ムガンは勘違いしている。彼女が興味があるのは、俺が持つ暴食スキルと黒剣グリードだ。いつもそう言っているものの、彼には信じてもらえないようだった。

「フェイト、娘のライネと今日も何をしていたんだ？」

「いつものやつだよ」

「本当か？」

「なら、次は付き添ってくれよ。その方が助かるし」

今日は昼過ぎから、軍事区にあるライネの研究室に行って、身体検査を受けていたのだ。なんだかよくわからないゴテゴテとした機械が付いたヘルメットを被らされて、脳波と呼ばれるものを計っていた。

この前は注射で血液を取られたし……こういったら何だが、俺は実験動物のような感覚をたまに覚えてしまう。

グリードも似たようなことをされていたけど、最後にピカピカに磨いてもらえるので、苦ではないようだ。

あと、ライネにやたらと褒められるので気分がいいらしい。

「そうだ、ライネに言っておいてくれ。明日からは用事ができたから当分行けないってさ」

「ああ、わかった。話はロキシー様から聞いている。たしかにホブゴブの森で不穏なことが起こっているのは俺の耳にも届いていたからな。ゴブリンに異変が起こっているそうだな」

「王都を往来する行商人に被害が出ているらしい。まだ事態は大きくないが、芽は早く摘んでおいたほうがいいかな」

「ゴブリン程度に聖騎士様が二人とは大袈裟すぎる感じもするがな……」

ムガンは眉間にしわを寄せながら、手に持ったワインを飲み干した。

すると、酒場のマスターが空になったワイン瓶を下げて、手に持っていた新しい瓶を俺たちのテーブルに置いた。そして、困った顔をして言うのだ。

「何やら、物騒な話をしているな。しかし、ここへ出入りする武人たちもその噂をよく口にしているよ。儂《わし》のような商売人としても、早く収まってほしいものだ。期待してるよ、フェイト」

「善処します。酒場への仕入れにもう影響が出ているんですか？」

「いや、まださ。だけど、この前騒ぎになった、はぐれ魔物リッチのようなことはゴメンだ」

俺は飲もうとしていたワインを吹き出しそうになった。そんな俺の様子に満足したマスターは他の客の注文を取りに離れていってしまう。

口を袖で拭きながら肩を落としていると、ムガンがニヤニヤしながら言ってくる。

「あのリッチ騒ぎは儂もよく知っているぞ。お前はなんだかんだ言って、いろいろなところで大暴れしているよな」

「やめてくれよ」

「ハハハハハッ……悪かったよ。明日はよろしく頼む」

ワインの栓を開けて、俺のグラスになみなみと注ぎながら言うムガンは、どこか不敵な笑みをこぼしていた。

彼がこういった顔をするときは、ろくなことがない場合が多い。

俺はその理由を予想してみて、頭を抱えてしまう。

「まさか、あの子も来るのか？」

「察しが良いな。まあ、そういうことだ。あいつの面倒はお前が見てくれ、くれぐれもロキシー様に迷惑だけはかけないようにな。儂が日頃どれだけ苦労しているかを思い知るといい」

「うあああああぁぁぁぁ」

あの炎の魔剣使いの少女がやってくるのか……。

あの子は俺を目の敵《かたき》にしているんだよな。

いつもはその間にムガンが割って入ってくれて助かっているのに、今回はそれが無しときた。

「ムガンはなんで今回は同行しないんだ？　彼女の保護者なのに」

「保護者じゃないわい！　儂はエリス様のお供で少しの間、王都を離れることになった。てっきり、話はいっていると思っていたが」

「へぇ～、初耳だな」

エリスはラーファルの研究していた内容の確認がほぼ終わったと言っていた。俺が知っているのはそれくらいで、詳しい内容は今度会ったときにじっくりと聞く予定だったのだ。

ムガンが言うには、ここから東に行った山岳都市テンバーンにラーファルのもう一つの拠点があるそうだ。そこへエリスに同行して、更に調べるという。

俺はそのテンバーンという都市に行ったことがないので、どういったところかと聞けば、四方八方が高い山々に囲まれており、都市は標高三千メートルくらいの場所にあるみたいだ。

そこまでは細い山道を使って行き来するしかなく、住むには適さないというのだ。

では、なぜそのようなところに都市があるのかというと、周りの山々から希少な鉱物が産出されることや、古代のガリアの遺跡などがあって失われた技術の発掘もされている。

表立って、民には口外されていないけど、王国には無くてはならない場所の一つだった。

どうやらガリアの技術はこの王国内でも、いろいろな場所に点在して今も残り続けているらしい。てっきり、俺はガリア大陸内のみから、王都で研究される技術を取ってきているのだと思っていた。ムガンの話を聞くに、そうではなかったようだ。

「なるほどな。テンバーンからお土産を期待しているからな」

「旅行じゃないんだよ。そんな物を買って帰る暇があるかっ！」

「だろうな。エリスが付いているから、大丈夫だろうけど。無茶はするなよ」

「わかっている。フェイトたちの戦った痕《あと》を見て、つくづくそう思ったわ」

ワインを酌《く》み交わし、最近の王都軍の状況や、王国の王様としてエリスが表立って姿を現したことでどのような影響が出ているかなど、話し込んだ。

そして、また内容は娘のライネの話に戻ってくるのだ。見た目はこんなにいかつい顔をしているのに、愛娘《まなむすめ》の話になれば口元をほころばせる。人の親とは案外そういうものなのだろう。

酒場を見れば、商人や武人などが顔を赤くして、酒を飲み干しては騒いでいた。ここだけ切り取れば、王都セイファートにまた平穏が訪れるだろうと誰もが信じているように感じられた。

しかし、不穏な気配はゆっくりと確実に忍び寄ってきていたのだ。

だけど、このときの俺たちには何がどうなっているのかなんて、予想だにしなかったんだ。

＊

次の日、俺はとても元気な声によって、眠りから起こされてしまう。

ここのところ、夢の中——精神世界でグリードとルナにひたすらしごかれている初めの内はグリードと戦っているのだが、次第に戦いが激化していってルナを巻き込んで怒らせる、というのが繰り返されている感じだ。

あの世界はルナが作り出したものなので、彼女だけが無敵だ。だから、最終的に俺とグリードは白旗を上げて許しを請う流れとなっている。

「今日もまだ眠たそうです。早く起きてください、フェイト様！」

頭にメイド用のカチューシャを着けた少女が俺を起こしてくれる。九歳になるというのに子供っぽさがなくて、とてもしっかりしている。

この子……サハラとの出会いは、ロキシーの使用人になる前まで遡る。暴食スキルに目覚めたばかりだった俺は、偶然にも人攫《ひとさら》いの男に誘拐されていた彼女に出会った。柄にもなく助けようとしてピンチに陥ってしまったりもした。

そして、格上の相手だったけど、グリードのその場の機転によってなんとか倒し、彼女を無事孤児院に帰すことができたのだった。

以降は特に会うこともなかったのだけど、彼女は持たざる者で、王都からバルバトス家の領地への第一陣となる移民の中に入っていた。

その時に王都を旅立つ人々を見送っていたら、サハラは俺の顔を覚えていてくれたようで、駆け寄ってきてくれたのだ。

どうやら、サハラはあの時のお礼をちゃんと言えていないことを、ずっと気にしていたようだった。

なんでもいいから役に立ちたいと言われてしまい、その時はかなり困ったものだ。ちょうど横にいたアーロンが、閃《ひらめ》いたような顔をしてあっけらかんと言ってみせる。

それを聞いて、頭を抱えてしまったのは今になって思えば、良い思い出だ。

バルバトス家は使用人がほとんどいないという問題を抱えていた。だから、アーロンはやる気があるのなら、メイドをしてみるかと誘ったのだ。

サハラはその提案を二つ返事で了承し、俺はその横で成り行きを見守りつつ、状況を飲み込めずにいた。

あの時からすると長くなった淡いピンク色の髪を仕事の邪魔にならないように左右に束ねて、今日もそれを右へ左へと揺らしていた。

そしてサハラに眠りから起こされているこの日常にも、まだ慣れていないのだった。

「えっと、おはよう」

「おはようございます」

ベッドから立ち上がり、欠伸《あくび》を一つ。横目でサハラを見ると、テキパキと乱れたベッドの上を直し始めていた。

「アーロンは屋敷からもう出ていった頃かな」

「はい、今日もいつものようにお城へ行かれました。あっ、メミルさんも今日は同行されています」

「そっか……メミルと一緒か」

少しホッとしてしまう俺がいた。

メミルが妹兼、この屋敷の使用人としてやってきて一ヶ月ほど経った。その間に仲良くなったかと言われると、頷けない感じだ。

初めのうちは彼女に「お兄様」と呼ばれていたが、どうしてもなれなかったので、サハラと同じように「フェイト様」で統一しているほどだ。

お互いの過去にいろいろとあったことで、なんとなく距離感が掴めずにいるままだ。決して憎しみ合っているとかではなくて、逆に気を遣いすぎると言ったほうがいいだろう。

だから、アーロンがお城へ行ってしまい、かつサハラが用事や買い物などで出ていったときが特に苦手な時間だった。広い屋敷で二人っきりになったときのピリピリとした空気は、思わず自室へと逃げ出したくなる。

なんとかしないとな……と思いつつ、ここまでズルズルと来てしまった。

メミルからも俺との関係を良くしたいという気配を感じる。たまにチラチラと俺のことを見ているからだ。そして、何か言おうとして、思いとどまりどこかに行ってしまう。

どうしたものやら……。悩める俺を見かねたサハラが言ってくる。

「メミルさんと仲良くなりたいなら、お食事でもお誘いになったらどうですか。私としても、お二人に素直になってもらえると、仕事がしやすいです」

「はい……まったくそのとおりです」

九歳の女の子に諭《さと》される俺。情けなさすぎる……。

壁に立て掛けているグリードが、その様子を見てゲラゲラと笑っているように見えた。

第2話　ロキシー先生

身支度を終えた後の朝食は、サハラと一緒だった。どうやら、アーロンたちとは食べずに、俺が起きるのを待ってくれていたようだ。

今いる食堂は、綺麗に改装したこともあって、木のぬくもりを活かした温かみのある壁や床に仕上がっていた。

大理石を使って豪華にする手もあったのだが、如何《いかん》せんバルバトス家にはあまりお金が無いのだ。なぜなら、領地の復興のために資金のほとんどを費やしているからだ。

幸いにして領地の近くの山で良質な岩塩が大量に取れるため、それを各地へ売って資金を稼いでいる。そして、他の安定した資金源を模索《もさく》するために、香辛料の栽培にも力を入れているところだ。

栽培方法については、セトが各地を旅するときに得た知識で行っている。領地の土は、香辛料の栽培に適しているらしい。唐辛子、胡椒、ウコンなど各地で需要の高いものから取り掛かるという。

まだ、安定して大量に供給できる領地は無いので、成功すれば圧倒的な市場占有率によって大きな利益が期待できるらしい。

セトが今までに俺に見せたことのない、したたかな顔で熱弁していたのをよく覚えている。

この前、領地から旅立つときに香辛料の農園を視察したら、元気よく育っていたので、このままうまくいけば問題なく収穫ができそうである。その際は、セトが取れた香辛料を持って王都にいる俺の下へ報告に来ると言っていた。

良い知らせを願うばかりだ。

これら農業が軌道に乗ったら、次は産業に力を入れていくので、第一段階でつまずくわけにはいかないのだ。

ロキシーからは、ぶどう栽培の支援も受けることになっている。

時間はかかるけど、そこからワインも作れるようになるかもしれない。

はじめからハート家の領地のワインと同レベルとはいかないだろう。しかし、やってみる価値はありそうだ。

そんなことを思いながら、もりもりと朝食を食べていると、サハラに笑われてしまう。

「今日はロキシー様とご一緒だから、嬉しそうでなによりです」

「うっ……ゲホッ、ゲホッ、ゲホッ」

思わず、口に入れたパンが喉に詰まってしまって、咳き込んでしまった。

「ごちそうさまでした」

そう言って、サハラは自分の食べ終わった食器を片付け出した。

俺も急いで残りのパンやスープを食べていく。

「今日はどうするんだ。いつものあれ？」

「はい、そうです。孤児院のお手伝いです」

サハラはバルバトス家のメイドになってからも、暇を見ては幼い頃から世話になっていた孤児院に足繁く通っている。血はつながっていないが、自分の弟や妹のように思っている幼い子供のたちの世話をするためだ。

俺としては、その子たちをバルバトス家の領地へ呼びたかった。だが、まだ小さな子供を受け入れる環境が整っていないため、断念したのだ。

「なら、送っていこう。王都は治安が良くなりつつあるけど、スラム街はそうとは言えないから」

「ありがとうございます」

俺は自分が使った食器を手に持って、サハラと一緒に調理場に向かう。そして流し台にそれを置いて、二人で並んで洗う。

この調理場はとても広く作ってあり、以前俺が暮らしていたスラム街にあった家がすっぽりと入るくらいだ。もちろん、そこへ設置してある流し台も五人ほどが同時に使用できるほどである。

このやたら広すぎる場所に、俺とアーロン、サハラ、メミルの四人では使いこなせないのではと危惧したほどだ。

そんな俺にアーロンは笑って言ったものだ。初めはそのように感じるだろうが、家族が増え、そして使用人も増えていくと、手狭《てぜま》になるものだと。

今の俺にはまだわからないけど、アーロンの言うようにそのうちわかるものなのだろう。

食器の後片付けが終わり、俺は自室に戻って黒剣グリードを手に取る。

「おまたせ」

『待ちくたびれたぞ』

「そう言うなよ。今日はホブゴブの森の調査だ。しっかりと腹ごしらえしとかないとな」

『暴食ゆえにか』

「そういうこと。さあ、サハラが玄関で待っている」

ラーファルとの戦いによって、ボロボロになってしまった装備も、ガリアの国境線にある防衛都市バビロンで出会った武具職人ジェイド・ストラトスに直してもらった。

彼とは専属契約を結んでいるので、いくら壊しても優先して修理してもらえることになっている。

そのジェイドも、防衛都市バビロンでは、一二を争う腕利きの職人として有名になってしまった。

理由は簡単。専属契約した俺が、天竜を倒してしまったからだ。

そして俺がジェイドが作った装備を使っていると知るやいなや、バビロンの武人たちが我先にと彼の店に押しかけてきたものだ。

有名になったジェイドだったが、特に偉ぶる様子もなく、武具の作製に真摯《しんし》に取り組んでいる。

彼の創作意欲はとどまるところを知らず、俺の装備は見た目は変わらないものの、目に見えない箇所で強化されている。

特に上着やズボンの内部に縫い付けられた、ミスリルという魔力伝導率が非常に高い金属繊維によって、防御力が飛躍的に上昇しているという話だ。

この性能はまだ本格的な実戦をしていないので、どこまで有効なのかは把握できないでいる。

あれだけジェイドが装備に添えていた手紙で、暑苦しいほどに書きなぐっていたので、期待はできるだろう。

落ち着いた色合いの絨毯《じゅうたん》が敷かれた玄関には、大きなリュックを背負ったサハラが待っていた。

「おまたせ。じゃあ、行こうか」

「はい」

そして二人で屋敷を出た。

横には重そうな荷物を持つサハラ。見かねて持とうかと声を掛けると、断られてしまった。

「私はメイドなので、主であるフェイト様に持ってもらうわけにはいきません」

「そこまで言うなら……でも、疲れたら言ってくれ」

「がんばります！」

今まで自分のことは自分で解決してきたためか、サハラはあまり俺やアーロンにも頼ろうとしない。

まあ、一緒に暮らし始めてまだ日が浅い。もう少し日が経てば、彼女の中の意識も変わってくるかもしれないな。

元気よく歩くサハラを見守りながら、聖騎士区と他の区画を隔てる門へとやってきた。

目的地であるスラム街は居住区にあり、そこへ向かうためには一旦商業区を通らないといけない。

門を警備する兵士たちの労をねぎらって、通してもらう。俺はバルバトス家の当主なので顔パスだ。そしてサハラも日頃から門の出入りをよくしているので、すっかり兵士たちに顔を覚えられてしまった。

「サハラちゃん、おはよう！」

「おはようございます」

ペコリと頭を下げるサハラ。なんだろうか……どんどん兵士たちがニコニコしながら彼女の下へ集まってくるではないか。俺へは年老いた兵士が「ご苦労さまですじゃ」と言ってくれたのみだ。

圧倒的なサハラ人気である。少し羨ましい気もするが、むさ苦しいオッサンたちに寄って来られても困るので、いいか。

彼女はそんな兵士たちに、無邪気な笑顔を振りまきながら、門の外へと歩いていく。

「フェイト様、早く」

「おっ、おう」

商業区を歩きながら、先程門であったことを聞いてみる。

「毎回、あんな感じなのか？」

「そうですね。たまにお菓子とかもらいます。孤児院にいる子たちにいいお土産になって助かっています」

大したことでもないように言うサハラを見て、アーロンがぽろりと言っていたことを思い出す。

あの子は将来、とんでもない女性になるかもしれないぞ……なんとなくアーロンが言っていた意味がわかったような気がした。

サハラは商業区に並んでいる露店《ろてん》やお店などには目もくれずに進んでいく。

このまま居住区へ行ってしまうのかと思っていたら、ある露店の前で止まってしまう。

覗き込んで見ると、砂糖やバターがふんだんに使われたクッキーを売っている露店だった。

漂ってくる甘い匂いに日頃からそういうものを好まない俺でも、思わず食べたくなってしまうほどだ。

彼女はいろいろな形に型取られたクッキーを、食い入るように見ている。

「もしかして、食べたいの？」

「……いいえ」

俺が聞くと、ハッとした顔をして先に行こうとする。

いつも屋敷の家事をしながら、孤児院のお手伝いまでしている。要らぬお節介かもしれないけど、たまにはいいだろう。

俺は手早く店主に言って、クッキーが入っていた大きな籠ごと購入した。ついでに小さな袋二つにクッキーを少し入れてもらった。

「サハラ、これはいつも頑張ってくれているお礼。孤児院のみんなと食べたらいいよ」

「うあぁぁぁ、いいんですか……ありがとうございます」

喜ぶサハラに俺もほっこりだ。

彼女は幼い割に大人びていて、無理をしているのではないかと時々心配になってしまう。こうやって、子供らしい表情を見ていると、俺もなんだが嬉しくなってくる。

二人で大量にあるクッキーをつまみ食いしながら、居住区へ向けて歩いていく。このクッキーは予想通りに美味しい。

砂糖を使ってあるのかと思ったら、蜂蜜だったみたいだ。

自然な甘さが口の中に広がって、日頃の鍛錬の疲れを癒やしてくれる。バターも新鮮なものを使っているのだろう。口の中に入れたときはサクッとした食感が、次第にまろやかでしっとりとした後味を醸《かも》し出す。

「美味しいですね。フェイト様！」

「うん、そうだね。また今度買ってみようか」

「はい！」

孤児院の子供たちの分も考えながら、少しずつ食べていると、よく知った凛とした声に呼び止められた。

「良いものを食べていますね」

「ロキシー！」

「……ロキシー様、どうもです」

ロキシーは何やら、俺とサハラを交互に見ながら近づいてきた。なんだろうか、別にやましいことはしていないのに、そんなふうに見られてしまうと後ろめたい気持ちになってしまいそうだ。

「これからホブゴブの森で調査ですよ、フェイ。なぜ、クッキーを食べながらのんびりと歩いているのですか？」

「えっと、今サハラを孤児院へ送っているところなんだ。せっかくだから、差し入れにクッキーを買って持っていこうと。あっ、これをロキシーへ」

俺はさっき購入したときに小分けにした小袋の一つをロキシーに渡す。すると一変！

ロキシーは花が咲いたような笑顔になって、クッキーが入った小袋を受け取った。

「私にですか……嬉しい。よしっ、私もサハラちゃんを一緒に送っていきます」

「あっ……ありがとうございます……ロキシー様」

サハラの護衛は要人待遇になってしまった。

聖騎士二人に両脇を挟まれながら歩いていく彼女は、周囲の視線も相まって額から冷や汗を流していた。

「ちょっと緊張します」

「これくらい大したことはありませんよ」

「それはロキシー様だから……。フェイト様、ヘルプです」

「サハラ、諦めるんだ。ロキシーは言い出したら聞かないから……」

「さあ、皆さん！　いきましょう」

「「は〜い」」

ノリノリのロキシーに先導されて、やっとのことで孤児院に着いた俺たち。スラム街にあるので、建物はお世辞にも立派とは言えない。

屋根は所々が傷んでいる。これでは雨の日は雨漏りしてしまうだろう。

孤児院を運営しているシスターたちに支援を申し出たけど、そこまでやっていただくわけにはいかないと断られてしまった。

彼女たちにも、今までがんばってきたのだから簡単には甘えられないという矜持《きょうじ》に似たような志《こころざし》があるようだった。

サハラは孤児院に着くと、すぐに子供たちの方へ向かった。もちろん、大量に買ったクッキーを持ってだ。部屋の奥で、子供たちの騒ぎ声がするので、お土産は大成功だったみたいだ。

俺とロキシーは年配のシスターとしばらく立ち話となった。

内容はスラム街の最近の治安だったり、子供たちは元気にしているのかだったり、孤児院の運営状態だったりといろいろだ。

その中で、シスターが何気なく子供たちに勉強を教える先生がいなくて困っているとこぼした。最近まで、それをしてくれていた若者が故郷に帰ってしまったのだそうだ。

簡単な読み書きと計算ならシスターたちでも教えられるが、それ以上になるとやはり難しいらしい。

話を聞いたロキシーが、それなら代わりの者が見つかるまで、私がその仕事を引き受けましょうと言い出した。大丈夫だろうか……と俺は心配になる。

ロキシーが勉強ができないという意味ではなく、彼女は立場上、日頃からいろいろと忙しい人だからだ。

「お城で仕事があるのに大丈夫なのか？」

「問題ありません。最近はエリス様によって、聖騎士たちの仕事がしっかりと均等に分けられているのです。あのときのような、異常なほどの仕事を振られることはなくなりました……」

「そっか……ならロキシー先生、頑張ってください」

「はい、フェイも参加してくださいね」

えっ、俺も先生をするのか……。

できないだろうな。俺は読み書きと簡単な計算しかできないのだ。レベル的にシスターたちと同じだ。

困惑する俺にロキシーは言ってのける。

「なにか勘違いしていますね。フェイは生徒ですよ。これからバルバトス家の当主としてふさわしい知識をしっかりと教えてあげます！」

「えええっ、勉強はちょっと勘弁してくれ、ロキシー」

「ロキシー先生ですよ」

「うああぁ、もう始まっている！」

一体、ロキシーからどのようなことを教わるのだろうか。

勉強の苦手な俺が戦々恐々としていると、耳元でこっそりと囁かれた。

できなかったら、屋敷に帰ってからマンツーマンですよ。

どうやら、頑張らないと眠らせてもらえなさそうだ。

第3話　ゴブリンの異変

サハラを孤児院に送った俺たちは、賑やかな商業区にある西門を目指す。

ここで本来ならロキシーとミリアと待ち合わせすることになっていた。しかし、ロキシーとはばったりと出会ってしまったので、西門でミリアだけが待っていることになる。

おそらく、プンプンと怒っていることだろう。

その矛先は必ず、俺に向けられるのが通例だ。

俺の横を歩きながら、露店の品々を興味深そうに眺めるロキシーにミリアのことを聞いてみる。

「前々から気になっていたんだけどさ。ミリアって、なんでロキシーのことがあんなに好きなんだ?」

すると、彼女はニッコリと笑って言う。

「それがですね。ミリアは私と出会ってから、いつもあのような感じでした」

らしい。

隙あらばロキシーにべったりなミリアだ。聞くに彼女との付き合いは、五年ほどになる

「……大変なことだな」

ロキシーは面倒見が良いからな。そこに付け込まれて、ベタベタされているんじゃない

かと心配になってくる。

俺が不満そうな顔をしていたのだろうか、鼻をつままれてしまう。

「もしかして、やきもちでも焼いてくれているんですか？」

「えっ、いや……そういうわけじゃ……」

予想外の指摘に顔が熱くなるのを感じる。

思ってみれば、ロキシーといつも一緒にいるミリアを羨ましく見ていたから、こんなこ

とを考えてしまったのかもしれないからだ。

心の底にあった部分を掬《すく》い上げてしまい、たじたじになってしまう俺。

それを見て、嬉しそうにしてやったり顔をするロキシー。

そうくるなら、いいさ。俺だって、彼女の前では嘘を吐《つ》くのをやめたのだ。

「そうです」

「どうしたのですか？　改まって？」

「俺だって、ロキシーともっと一緒にいたいです‼」

「えっ……フェイ！　人通りの多い大通りで、そのようなことを大声で……」

行き交う人々が一斉に俺たちに視線を送ってきた。

元々、民衆からの視線に慣れているロキシーも堪《たま》らず、顔を赤くしていく。

おそらく、俺も似たようなものだろう。なんせ、自分で言っておきながら、物凄く恥ずかしかったからだ。

「ロキシー、顔が赤い」

「フェイこそ」

俺たちは頷き合って、その場から一目散に逃げ出した。

周りからはあの聖騎士たちは何をしているんだ、なんて思われてしまっているだろう。

だけど、そんなことが可笑《おか》しくなってしまい、彼女と共に声を上げて笑ってしまった。

「フェイ、私と一緒にいたいなら、大丈夫ですよ。今日からバルバトス家の屋敷で、個別指導してあげますから」

「それって、やっぱり勉強かな」

「もちろんです！　こうなったら、みっちりやりますからね」

大きく胸を張って宣言する。

これは……今日俺……眠らせてもらえるのだろうか。

ステータスが昔に比べて格段に上がった今ならわかる。聖騎士級になると、ほんとに信じられないくらいの体力があるのだ。一日くらい眠らなくても、まったくもって平気だ。

俺だってそうだけど、苦手な勉強を眠らずにするなんて、考えただけでも恐ろしい。

慄《おのの》く俺を見透かしたように彼女は言う。

「安心してください。フェイの予想通り、今日は寝かしませんから」

そう言いながら、ウインクをするロキシー。すごく可愛いけど、言っている内容との落差が酷い。

これ以上、彼女と話しているともっと勉強させられそうだ。逃げよう、そう思って先に西門に行こうとするが、左腕を掴まれて抱き寄せられてしまった。

「フフフッ、逃がしませんよ。ずっと……逃げられてばかりでしたから」

ロキシーが言った『ずっと』という部分がやたらと強調されている。

これは、ガリアでのことを言っているのだろうか。

それとも、もっと前からのことだろうか。

聞きたいけど……目が笑っていない彼女はとてもじゃないが、今の俺では難度が高すぎる。

観念していると、満足したロキシーに頭を撫でられてしまった。

「よしよしです。それにしても、フェイは身長が伸びましたね。使用人だった頃は私よりも低かったのに、今では見上げるくらいになっていますよ」

自分の頭に手をやって、俺へと持ってくるロキシー。

たしかにガリアで再会したときに、彼女の身長を追い抜いていたけど、また少しだけ伸びていたようだ。

自分自身のことなのに、言われてみないと意外にも気づけないものだ。

「ブレリック家の下で働いていたときは、碌《ろく》な物を食べていなかったからさ。ほら、あれからは肉とか食べられるようになったし」

「ふむふむ……なるほどです」

「ちょっと、ロキシー！」

抱き寄せていた俺の左腕を、確かめるように触り出したのだ。

「たしかに……がっしりとしています。アーロン様と毎日組手をしているお陰もありそうですね。しっかりと武人の体つきになっています」

「ロキシー、触りすぎだって！」

「すみません。つい、やっちゃいました」

舌をちょっと出して、彼女は謝ってくる。このイラズラっ子のような表情……俺にはわかるぞ、またやる気だ。

そんなことをしながら歩いていると、西門が見えてきた。

ここを出た先に大きな草原があり、そこに住まうゴブリンが物資を搬入する商人たちを困らせている。

王国中の物流の受け口だけあって、この西門は軍事区の門の次に大きく、荷馬車が同時に十台は通れるほどだ。

いつもなら、商人たちの邪魔をするゴブリンを狩るために、武人たちが門の前でパーティーと待ち合わせしたり、即席パーティーを募集していたりする。しかし、今はその武人たちがまったくいない。

そんな武人たちを狙って、武具などを売っている露店に閑古鳥《かんこどり》が鳴いていた。

「やっぱり、影響は大きいようだな」

「そうですね。あっ、ミリアがいましたよ」

淡い栗色のショートカットの髪を右に左に揺らしながら、彼女は露店の店主と言い合っていた。朝から元気な娘だ。

露店は食べ物屋みたいで、店主から大きなパンを受け取って大満足そうだ。

店主はげっそり、ミリアはホクホク。あの様子なら、値引き交渉はミリアの圧勝だろう。

そんなミリアはパンを頬張りながら、俺たちに気がつくと、手をブンブンと振って爆走してきた。

「ロキシー様!!　ロキシー様!!　もぐもぐ……おはようございますっ!!　もぐもぐもぐもぐ……」

「おはようございます、ミリア」

「食べるか、挨拶するか、どっちかにしろよ」

「くっ、あなたもいたのですか。ロキシー様の神々しさに霞んで、目にまったく入りませんでした」

「おいっ、合同で調査するって話だったろ。聞いていなかったのかよ」

「聞いていましたよ。ですが認めていないだけです」

「こいつ……」

ぐぬぬと思っていると、ロキシーがミリアの両頬をつまみ上げた。

「痛いです。ロキシー様、やめてくだはぁい」

「いいですか、ミリア。今日はフェイと一緒に仲良くするのです。これはれっきとした任務ですよ」

「はい……わかりました」

敬愛するロキシーに叱られては、さすがのミリアも立つ瀬がないようだった。

しょぼんとして、俺に仲直りの証《しるし》として握手を求めてくる。

なんだ、意外にも素直なところがあるじゃないか。そう思って、手と手を合わせるが、

「お前、なんて力で握手してきやがる。普通の武人なら手が潰れているぞ」

「さすがは、Eの領域ですね。しかし、これであなたと絆《きずな》が結ばれました。私もアーロン様と同じように、その領域へ踏み込めます」

「そんな簡単な話じゃないって」

「えっ、そうなんですか？」

首を傾げて、真顔で俺に訊いてくる。

ミリアは、本当に勢いだけで生きているな。

悪意のこもった握手でどうやって、絆が生まれるんだよ。もし、俺との絆が結ばれたら、それこそビックリだよ。

「残念です。握手して損しました」

「ひどい話だな……俺がただ傷ついただけだ」

言うだけ言って、ミリアはロキシーの側へと飛んでいった。

ロキシー至上主義者め。

それでも、今日はそんなミリアとパーティーを組まないといけない。

ムガンからミリアをよろしく頼むと言われているし、ここは年上である俺が我慢しないとな。

ニコニコと笑うロキシーは、俺たちにゴブリン草原へ向けての出発を告げた。

「友好を深めたところで、では出発です！」

「はい、ロキシー様」

なんか、わかってきたぞ。ガリアで緑の大渓谷に成り行きで同行したときも感じていたけど、この流れがいつも通りなんだ。

つまり、ロキシーはミリアを叱りはするけど、それでいいとも思っていて甘やかすところがあるのだ。そして、ミリアもそれをわかっていて、直す気などないのだ。

何ていう悪循環だ。苦労人のムガンが頭を抱えてしまうのも、納得できる。

しかし、ミリアも少しは成長したようで、小声で俺に言ってくるのだ。

「今日のところは、仲良くしてあげます。ガリアでも助けてもらったことですし……」

「そうか、なら改めてよろしくな」

「でも言っておきますけど、私にこれ以上優しくしないでくださいね」

「どういうことだよ」

だが、それには答えることなく、前を歩くロキシーの側へと行ってしまった。「優しくしないで」とはどういう意味だろうか。

頭をひねる俺に、ずっと黙っていたグリードが《読心》スキルを介して言ってくる。

『あの娘も、お前と同じでわけありなのかもしれんな』

「そんな風に見えないけどな」

『見せたくないんだろうさ。どっかの誰かさんみたいにな』

「くっ、痛いところをついてくるな」

『ハハハッ、俺様はずっとフェイトを見てきたからな』

王都の露店でグリードを買ってからの付き合いだ。一年にも満たないけど、濃厚な時間を共に過ごしてきたからな。

癪《しゃく》だけど当たっているのは、俺でもわかる。

ミリアが王都軍に入隊するまでの経緯は知らないけど、昔孤児院で育ったということは以前に聞いている。彼女も、なかなかの苦労人なのかもしれないな。

西門を出てからは、俺がロキシーに近付こうものなら、番犬のようにミリアが威嚇《いかく》するの繰り返しだった。

仲良くするといっても、ロキシーだけは別口だったようだ。いいさ、今晩、彼女と二人っきりで勉強を教えてもらうのだ。血の涙を流して羨ましがるといい。

不敵な笑みをこぼしながら進んでいると、ゴブリン草原が見えてきた。懐かしいな、昔あそこで暴食スキルの力試しにゴブリン狩りをしたものだ。

ここには茂みを覗けば、繁殖力旺盛なゴブリンたちがわらわらといるんだよな。

そう思っていたのだが、今のゴブリン草原は違っていた。ゴブリンのゴの字すら見つからないほど、どこにもいなかったのだ。

「うそ⁉　ゴブリンがいないです。ロキシー様、話では数が少なくなっているっていう……」

「おかしいですね。ゴブリンの繁殖力を考えれば、このようなことは建国以来、ありえなかったことです」

俺も同じ意見だった。

『フェイト、足元をよく見ろ。ゴブリンたちの足跡が、ホブゴブの森の方へ向かっているぞ』

グリードが《読心》スキルを通して言ってくる。

「本当だ……」

俺は、ロキシーとミリアにそのことを伝えた。俺たちは頷き合って、鬱蒼《うっそう》としたホブゴブの森を見つめる。

「なんだか……いつもと違って森から嫌な感じがします」

「たしかに嫌な魔力が伝わってきますね。フェイ、どう思いますか？」

「それでも行くだけさ。じゃないと、あそこで何が起こっているのか、わからないからさ」

俺たちはいつでも戦えるように剣を鞘から引き抜くと、禍々《まがまが》しい魔力を放ちつつあるホブゴブの森へ向けて歩き始めた。

第4話　赤き満月

　ホブゴブの森は静まり返っていた。しかし、薄暗い遠くの木々の間から、複数の視線を感じる。

　ピリピリとした嫌なプレッシャーだ。

　ミリアは警戒する俺を鼻で笑いながら言う。

「どうしたんですか？　ゴブリン程度でそんなに慎重にならなくていいじゃないですか？」

「普通ならな。今回は異変の調査だ。お前はそこらへんを忘れているだろ」

「忘れていませんよ！　言っておきますけど、これでも私は強いんですから」

　魔剣フランベルジュ——炎の魔力を宿した剣を振り回しながら、宣言してみせた。

「なら、頼りにしているよ」

「ふふ〜ん、もっと言ってください！」

「ミリアが一緒に来てくれて、助かったよ。よっ、王都最強の魔剣士！」

「それほどでも～、ぐへへへ」

褒められるのに弱いようで、ものすごく顔を緩ませている。チョロい娘だ。

よいしょ！　よいしょ！　しているとロキシーに頬をつねられてしまう。

「慎重にと言っておいて、何をやっているんですか？」

「すみません」

「それにしても、不気味なくらい静かですね」

「昔なら、ホブゴブリンたちがウヨウヨいたのにな」

「もう少し奥へ進んでみましょう。魔物たちの視線を感じますから、気を引き締めてください」

「「はい」」

「返事だけは二人とも良いんですよね」

ロキシーは頭を抱えながら、歩き出す。

俺は薄暗い森のために、《暗視》スキルを発動させた。

これで、多少はよく見えるようになるだろう。

気配は俺たちが前進すると、後退していく。まるで、おびき寄せるような感じだ。

ゴブリンにしては、なんか統制が取れている。

「ゴブリンキングでもいるんでしょうか？」

「さあ……でも、キングはゴブリンたちに偉そうに振る舞うだけで、細かな指示をするなんて聞いたことがないけど」

「そうですね」

俺たちがホブゴブの森で唯一開けた場所——花々が咲き乱れて、その中央に朽ちた大木が倒れているところで歩みを止めた。

ここは懐かしい。

昔、ゴブリンキングを倒して、グリードの第一位階を解放し、さらにはハド・ブレリックを殺して第二位階をも解放した。

俺にとっては曰《いわ》く付《つ》きの場所でもあった。

グリードがそれを知ってか、《読心》スキルを通して笑いながら言ってくる。

『お前はこの場所が、本当に好きだな！　ここに住む気か？　ハハハッ』

言いたい放題だな。

それにしても、グリードが言う通り、この場所には縁がある。

俺たちは、わざと相手の策略とやらに嵌《はま》ったふりをしてここまで踏み込んできたのだ。

周りの森から、魔力の気配を感じる。どうやら、俺たちを取り囲んで、攻撃しようとしているらしい。

すぐには俺たちに姿を見せずに、四方八方から弓を使って攻撃をしてきた。雨のように飛んでくる矢、俺はそれを黒剣で薙ぎ払う。

ロキシーもミリアも同じだ。まあ、ガリア戦の経験者にこのような攻撃は意味をなさない。

矢をいくら放っても倒れない俺たちにしびれを切らしたのか、茂みからゴブリンたちがやっと顔を出した。

ゴブリン、ホブゴブリン……おいおいゴブリンキングが十匹だと⁉　この魔物はそんなにいないはずだが……。

縄張り意識が強く、共闘なんてしないはずのゴブリンキングが、徒党を組んでいることに違和感を覚える。

「やはりゴブリンの戦い方がおかしい。念の為にロキシーにはサポートを頼めるか」

「わかりました。では、ここはフェイとミリアにお願いします」

「「了解！」」

ゴブリン程度で警戒しすぎているなと感じつつも、黒剣を強く握って斬り飛ばしていく。

その度に無機質な声が俺にステータスの上昇を知らせてくれた。

暴食スキルにとっては、もうただのゴブリンは味気のない食事となっており、腹の足しにもならない。だが、ゴブリンキングとなれば、まだ満足感はあるみたいだった。

『ノッてきたな、フェイト！』

「ああ、久しぶりに喰わせてもらう」

俺は目の前にいたホブゴブリンを殴り倒し、飛び上がって黒剣を振り上げる。そのまま、ミリアに気を取られていたゴブリンキングを頭から両断する。

「あっ、私の獲物です！　横取り禁止です」

「悪いな。戦いの後で文句は聞かせてもらうさ」

「ちょっと、もうっ」

ミリアは対大勢という戦いよりは、単体との戦闘が得意のようだ。一斉に複数の魔物と対峙すると気が散ってしまい、剣に僅かな乱れが出るのだ。

俺たちは三人しかいない。ずっと囲まれた戦いを長引かせるのは、面倒だな。

また茂みから動きがあった。ゴブリンたちと混戦していた俺たちに向けて、矢が放たれたのだ。おいおい、仲間も関係なしかよ。

するとグリードが《読心》スキルを介して言う。

『お前はEの領域だから、あの矢は躱《かわ》さなくてもいいだろう』

「よく言うぜ。グリードが言ったんだろ。大丈夫だと思って、受け止めるような変な癖をつけるなってさ。いざっていうときに、その悪癖が出るからだろ」

『フェイトのくせに、よく覚えているじゃないか。なら、躱せ！　躱せ！』

昨日の夜に一緒に話したばかりだろ。さすがに忘れるわけがない。

俺は右へ左へと矢を避けて、たまにゴブリンを盾にしながら、戦っていく。しかし、短気なミリアには粘り強く戦うことがキツイようで、動きにキレが今ひとつない。

見かねたロキシーが彼女のサポートに入っている。

「戦いに集中して！　ミリア！　目だけではなく、相手の気配や魔力を感じながら戦うのです」

「ごめんなさい。わかってはいるんですけど……」

剣の腕はいいけど、まだロキシーが言うような対応はできないようだ。これはアーロンに、訓練をお願いした方が良いな。

ミリアはいつもムガンと一緒に戦っていたから、それらをフォローしてもらっていたのかもしれない。

そうはいっても、この状況はあまり良くはないか。

俺はゴブリンの攻撃や飛んでくる矢を躱しながら、意識を集中させる。戦いの最中にずっと探っていた魔力の気配を捉えるためだ。

そいつは南へ五百メートルほど離れた位置にいる。そこを基点にして、たくさんの魔力がこちらへ向かって来ていた。

間違いない、ゴブリンたちの巣というか本拠地はあそこだ。

調査だとしても、戦いとなれば話は別だ。

「グリード、いけるか？」

『俺様はいつでもいいぜ。お前次第だ』

ステータスの10％を捧げて、《ブラッディターミガン》を放つ準備を始める。

力が抜けていくような感覚と同時に、形状を変えた黒弓が成長していった。

禍々しく変貌したグリードを南へ向けて、見据える。

弦《つる》を引き、狙いを定めたとき、そこから赤い光の柱が現れたのだ。

「なにっ」

「フェイ、下を見て！」

「な、なんなんですか？　これは⁉」

それと同じものが、俺たちがいる一帯にも出現し始める。その赤い色には背筋が凍るような嫌な感覚がある。

「ミリアはこの場から離れなさい」

「あっ、ロキシー様」

とっさにロキシーはミリアを掴んで、光り出している地面から遠ざけた。

ゴブリンたちも、そこから逃げ出している。つまり、ここにいると、何らかの攻撃を受けてしまうってことだ。

なら、その前に攻撃するのみ。

『フェイト、撃て』

グリードの声と共に放たれたブラッディターミガンは、大地を削りながら赤く輝く柱に衝突する。そして、光を飲み込むように爆発した。

「やったのか?」

『さあな……だが、何の魔法だったかは知らないが、完全に発動する前に止められたみたいだな』

「ああ、なんとかな」

俺とロキシーの体が、少しの間だけ薄赤く光っていたくらいだ。その光が消えても特に体に異変は感じなかった。

「なんだったんでしょうか。先程の攻撃は……」

「グリードもわからないってさ。だけどゴブリンたちはこれを狙っていたんだろうな。失敗するや否や、すぐに退散しているし」

「でも助かりましたよ。ものすごい大技ですね」

そう言いながら、ロキシーは俺が撃ったブラッディターミガンの痕を眺めていた。そして思い出したように言うのだ。

「ハート家の領地……北の渓谷はこうやって破壊されたのですね」

「あああぁぁ、その節はすみませんでした」

「いいのですよ。コボルトの侵攻から領民たちを守るためにしたことですし。今回だって同じですよ。きっと優しい女王様はお許しになるでしょう」

ホブゴブの森は、王都の水源地の一つなのだ。手荒な自然破壊は禁止されていた。

事前にムガンから、絶対に吹き飛ばしてはいけない場所を聞いていたので、それには当たっていいない。

ホブゴブの森はとても大きい。だから、横幅三十メートル、縦幅五百メートルに渡って、大地を抉《えぐ》ったくらいでは大丈夫なはず。女王であるエリスも笑って許してくれるはずさ。

「私はあまりエリス様に弱みを握られるのは良くないと思いますけど」

「そのとおりです」

ロキシーは俺の尋常ではないステータスのコントロール、そしてその扱いについて目を光らせていた。今回は良しとなったけど……。

俺も位階奥義は極力控《ひか》えたほうが良いとは思っている。どこかの強欲なやつが、バンバン撃てという思考を俺に植え付けてきたから、なかなか抜けないのだ。

『フェイト、もう一発、ブラッディターミガンをダメ押しで撃っていくか！』

「お前……ロキシーの話を聞いていたのかよ」

『それでも撃つ！』

やりすぎのやりすぎぐらいが丁度いいというグリードは無視して、南側を見据える。

もう、気配は感じないな。倒したのかどうかは、わからないけど。

「向こうに行ってみましょう。ミリアもいいですね」

「はい」

返事をしたミリアは少し元気がなかった。

先程、あまり活躍できず、あまつさえロキシーにかばってもらったのがきいているようだ。

見ていられず、声をかけようとしたら、逃げられてしまった。

「私のことは放っておいてください」

扱いが難しいな。

これはマインを思わせるものがあるぞ。彼女は無口で、こっちはおしゃべりだけどな。

マインは今……どこにいるんだろうな。でたらめに強いから戦いにおいては何も心配していない。だけど……最後の言葉を思い出すと胸が痛んだ。

追いかけるべきだったのか。いや、それは違う。そうしたら、今の俺はいないからだ。きっと……もっと良くない方向に行っていただろう。

黒槍を持つ少年――白髪をしたシンは、大きな何かを起こそうとしている。そしてマインもそれを望み、近くにいるはずだ。

異変が起これば、エリスの元に情報が集まるように手配してくれている。だから、その時まで鍛錬を積んで待つのみだ。

俺はロキシーの側へ駆けていくミリアを見ながら思う。

「難しいな……」

『お前にそういうことは向いていない。諦めろ！』

グリードが珍しく、真面目な声で言ってきた。

『ロキシーの件を思い出せ。お前はどれだけ回り道をしてきたと思っている』

「くっ、返す言葉もない」

『そういうことだ。しかし、それでもどうにかしたいなら、もっと周りを見て考えることだな』

俺はため息を一つ吐いた。ミリアのこともあるけど……メミル・ブレリックのこともある。今はブレリック家は取り潰されたのでただのメミルとなっている。

アーロンの養子としてバルバトス家にやってきてから、それなりの時間が経ったけど、彼女の心中は未だにつかめないでいた。

『若いうちは苦労しろというからな。禿《は》げるまで苦労しろ！』

「おいっ！」

なんて恐ろしいことを言うんだ。俺はアーロンみたいに歳を重ねても、フッサフサを目指しているんだぞ。

ロキシーたちの後ろで、グリードと《読心》スキルを使って独り言のように喋っていたら、振り向いたミリアに目を細めて言われてしまう。

「気持ち悪っ」

「ぐはっ！」

フッ……ものすごいダメージを受けてしまったぜ。ロキシーならニコニコして見ていてくれるのに、この違いだ。

「ロキシー様もそう思いますよね」

ニヤリと笑ったミリアが、ロキシーに同意を求めた。しかし、首を横に振って言う。

「あれは、フェイには大事なことなのですよ。そのようなことを言ってはいけません」

「ブッブッと剣と話しているのにですか。たまに笑ってキモいです」

「仕方ないだろ！　グリードとは読心スキルを介さないと話せないんだから」

そう言うと、俺を指さして言うのだ。

「その読心スキルで私の心を読まないでくださいね」

「読まないって！　これでもちゃんとコントロールしているんだよ」

「怪しいです！」

「おいっ」

信用ゼロである。ムガンの娘のライネは俺と同じく読心スキル持ちだけど、気にしていないのにな……。

鉄壁のミリアとの距離を縮められないまま、俺はゴブリンたちの拠点があったと思われる場所にやってきた。

ブラッディターミガンを放った後に、無機質な声でステータス上昇を知らされていた。

しかし、その手応えは感じられなかった。

ゴブリンやホブゴブリンの死体をいくつか発見する。その周辺に魔法陣らしきものが地面に描かれていた。ブラッディターミガンによって、左半分が消し飛んでいるけど。

ロキシーが懐《ふところ》からメモ帳を取り出して、魔法陣を模写していく。

「これは後日、ライネさんに調べてもらいましょう。あと、私とフェイは念の為に体も診《み》てもらったほうが良いと思います」

「そうだな。……彼女にか」

「どうしたんですか？　浮かない顔ですね」

「いつも診断と言って、ベタベタといろいろなところを触りまくられるので……」

「それは、けしからぬことですね。私から厳重に言っておきましょう！」

拳を握って力強く言うロキシーだが、ミリアと合流する前に俺は、そういう彼女に滅茶苦茶触られまくったのだが……。

首をひねっていると、足元に見慣れない灰色の肌をした腕が落ちていた。

「これってゴブリンの腕なのかな……」

「ゴブリンは緑です。これは灰色です。だからゴブリンの腕ではないです」

ミリアは胸を張って言う。たしかにそうなんだけど。腕の筋肉の付き具合はゴブリンと同じだった。

ゴブリンか、ゴブリンではないかをミリアと言い合っていたら、ロキシーによってお持ち帰りと決められてしまった。

「それも、ライネさんに調べてもらいましょう。フェイ、お願いできますか？」

「ああ……わかったよ」

ちょっと気持ち悪いけど、大事な情報だ。持って帰らないわけにはいかないだろう。

予《あらかじ》め用意しておいた麻袋に、灰色の腕を拾って中へ入れた。触った感触は、ぬるっと柔らかくて、嫌な感じだ。

「日も暮れてきましたから、引き上げましょう」

ロキシーの言うとおりだ。今回はゴブリンたちに起きている異変の調査が目的だから、ある程度の情報は得られただろう。

いつもよりも数の多いゴブリン。それはガリアのオークの軍隊を思わせるものがあった。

そして、奇っ怪な魔法陣と灰色の腕だ。これを軍事区の研究所にいるライネに届けたら、今回の任務としては上出来だ。

そうこうして王都へ戻った俺たちは、西門で別れることになった。ロキシーとミリアは、軍事区のライネに今回の情報を届けに行くという。

俺は住宅区に寄って、孤児院にいるサハラの迎えだ。おそらく、頑張ってシスターたちの仕事を手伝っていることだろう。

迎えに行くと、いつも礼拝堂の椅子で眠っているのだ。

「今日はありがとうございました。明日、よろしくおねがいしますね」

「ああ、こちらこそ」

「バイバイです」

「また明日な」

ロキシーとミリアを見送って、俺はサハラを迎えに行った。案の定、彼女は礼拝堂でお祈りしながら、眠ってしまっていた。

シスターに挨拶だけして、俺はサハラを背負って帰路につく。スヤスヤと幸せそうに眠っている姿を見ていると、心が和むのを感じた。

屋敷に着くと、アーロンとメミルがお城での用事をすでに済ませていた。

「戻ったか、フェイトよ。どうだった、ゴブリンたちは？」

「やはりいつもと違っていました。情報は集めましたから、解析はライネに任せます」

「そうか……何事もなければいいのだが。各地で魔物たちが活性化しているという話が、城で耳に入ったのだ」

各地で今日みたいなことが……。ハート家やバルバトス家の人々のことが気になるな。

そんな俺の肩にアーロンは手を乗せて言う。

「心配ばかりしても、これぱかりはどうにもならん。当主であるお主が心を乱しては、他の者たちを不安にさせてしまうぞ。そのことを忘れてはいかん」

「はい」

それだけ言うと、アーロンは背中で眠っているサハラを受け取る。そして、彼女を自室へと運んでいった。

残ったのはメミルと俺だけ。すると、先にメミルがニッコリと笑って言う。

「おかえりなさいませ、フェイト様。お食事の用意はすでにできております。アーロン様がサハラを寝かしつけたら一緒に食べられますか？」

「ああ、お願いするよ」

「はい、かしこまりました」

礼儀正しく一礼すると、メミルは奥へと下がっていった。元々名門の出だけあって、俺よりも一つ一つの動きに品がある。

おそらく元聖騎士のメイドは、王都で彼女だけだろう。

食事を終えて、風呂にも入ってさっぱりした俺は、そろそろ眠ろうと自室のベッドの上で寝転んでいた。

うとうとし始めた頃に、部屋をノックする音が聞こえてきた。

「入ってもよろしいでしょうか？」

この声はメミルだ。俺が返事をすると、ドアを開けて中へ入ってくる。夜遅いというのに彼女はまだメイド服を着ていた。

サハラが疲れて寝てしまったことで負担がかかってしまったのだろう。これは使用人を増やすことを本格的に考えないといけないな。

メミルは俺がいるベッドに腰掛けると、月を見ながら言う。

「今日は満月ですので……」

「あぁぁ……そうだったな」

彼女は小悪魔のように笑って、口元から鋭い犬歯を覗かせた。

それはバルバトス家へ来た彼女の理由だった。

第5話　魂転移

窓から差し込む朝日を浴びて、気持ちよく目を覚ました部屋……それは俺の知らない場所だった。

ベッドから周りを見回す。心が落ち着くような淡い青色の壁紙が印象的だった。少し離れた壁際に可愛らしい家具たちが据え置かれている。

そして、俺がいる真っ白なベッドに目を戻すと、後ろ横に大きな黒クマの縫いぐるみが、どっしりと座っていた。

どういうことだ。なんで俺はこの部屋にいるんだ。グリードに訊こうと思ったけど、ここにはいない。

昨日の夜はメミルとのやり取りを終えた後、疲れて寝てしまった。そこまでは覚えている。俺は夢遊病にでもなって、この部屋まで歩いてきてまた眠ってしまったのだろうか……。

わけがわからずに、ため息を吐く。

「はぁ……ん⁉　この声はっ」

なぜか女性の声がする。しかも、その声はよく知っているものだった。

そして自分の体に目を向ける。白を基調とした裾に品の良いフリルが付いたネグリジェを着ている。その間から膨らんだ胸元が見えた。

女性になっているのか⁉

いよいよ俺は眠気が吹き飛んで、もう一度気になっていた声を聞いてみる。

「うそ……ええええええっ！」

間違いないぞ。

慌てて、自分の姿を確かめるために姿見へ駆けていく。自分の体ではないので、歩幅が違って走りづらい！　足がもつれて転びそうになりながらも、なんとか姿見の前に……。

やっぱりだ。どうしてこんなことに⁉

「ロキシーになっているっ！　えええぇぇぇえっ‼」

思わず姿見を掴みながら叫んでしまう。

「えっ！　えっ！　ええええぇぇ……」

部屋の中をあっちやこっちや歩き回って、なんとか心を落ち着かせようとするけど、心臓のバクバクは止まらない。そして、床に敷かれた絨毯に躓《つまず》いて、コケてしまった。

「うあぁっ」

なんなんだ、この状態は……あははは……そうだ、これはきっと夢だ。

俺はまだ目が覚めてなくて、夢の中にいるんだ。

絨毯に寝転がったまま、五分……十分…………二十分過ぎていったけど、夢から目覚めることはなかった。

「現実だ！　どうしよう、どうしよう」

絨毯の上を右に左に転がっていると、突然勢いよくドアが開けられた。驚いて顔を向けると……そこには俺がいた。寝間着を着たフェイト・バルバトスだ。

頭には寝癖をつけながら、ものすごく慌てた顔をして、俺へと迫ってくる。

そのまま、馬乗りになって肩を両手で掴んできた。

「キャアッ、俺が襲ってくる！」

「しっかりしなさい。あなたはフェイなのでしょ？」

「ん？　……もしかして、ロキシー？」

「はい」

ああああああぁぁぁぁ。

俺は全身の力が抜けていくような感覚に襲われた。

ゆっくりと互いに口を開いて、自分たちに何が起こっているのかを言葉にする。

「俺たち」

「私たち」

「「……入れ替わっている」」

俺の姿をしたロキシーは俺から退《の》いて、立ち上がった。そして、手を差し伸べてくる。

「さあ、立ち上がって。あまり床で寝るものではありませんよ」

「うん」

手を掴んで、俺も起き上がる。そして、ロキシーに手を取られたまま、ベッドに二人で腰掛けた。

段々と落ち着いてきたところで、彼女が今回のことについて推測し始めた。

「昨日の夜、眠るまでは私でした。朝起きましたら、フェイになっていました。フェイって寝相が悪いんですね。ベッドから落ちていましたよ」

「あははは、寝相はあまり良くはないかな。それは置いといて、俺も同じ」

「う～ん、そうですか。私は昨日、ホブゴブの森で未知の魔法陣の中へ入ったことが原因なのではと思っているんです」

「ああ……たしかにあの時、俺とロキシーがその影響で少しの間、体から赤い光を仄《ほの》かに放っていたな」

ロキシーは俺に更に近づいて言う。

「そうです！　あの光によって私たちが入れ替わってしまったのでは。すぐにそうではなかったのは、途中でフェイが攻撃を加えて無理やり中断させたからかと」

「う～ん、本来ならあの場で入れ替わっていたのかな」

俺とロキシーが……と思っていたら、首を振られた。

「違うと思います。おそらく、ゴブリンと私たちを入れ替えようとしていたのでは？」

「もしそうなら、危なかったな。ロキシーとで本当に良かった。ゴブリンとなんて最悪だ」

「私もフェイでよかったです。ゴブリンは絶対に嫌ですね」

あははっ、とお互いに笑ってはみたものの……入れ替わってしまっていることはどうにかしないといけない。このまま、ずっと俺はロキシーの体というわけにもいかない。

それは、ロキシーも一緒だった。

「いきなり体を入れ替えるとは困りましたね。私にも心の準備というものが……」

「俺も……」

ベッドに座ったまま、ショボーンとする俺たち。しかし、この解決法を知っているかもしれない女性がいる。

そう、王都の軍事区にある研究所で働いているライネだ。昨日、彼女に今回得た情報を渡して解析をお願いしておいたのだ。

「もしかすると、ライネが昨日の魔法陣や、謎の腕のことで何か糸口をつかんでいるかもしれない。今から行ってみよう」

「はい、そういたしましょう。その前に！」

「えっ、なにっ⁉」

ロキシーは俺の肩をがっしりと掴まえる。

「こっちに来てください」

言われるがまま、俺はクローゼットの前まで連れて来られる。彼女は扉を開けて、聖騎士の服を取り出し始めた。

「はい、準備ができましたよ。フェイは目をつむってください」

「目を⁉」

「そうです！　だって裸を見られるのは恥ずかしいですもの。念の為、目隠しをしておきましょう」

問答無用で長い布を使って目を隠されてしまった。その後はされるがままだ。

両手を上げて、ネグリジェを脱がされる。聖騎士の服へと移り変わった。

足を上げたり、手を下げたりと忙しかった。ふいに手が当たってくるときに、堪らず声を上げてしまう。

「ヒャッ！」

「フェイ、私の体で変な声を出さないでください」

「だって、俺の体と違って敏感で……」

「もうっ、そういうことはいわない！」

まだ肌寒い季節のためか、手が冷たいのもあったからだろう。俺の手はこんなにも冷たかったんだ。

そんなことを思いつつ、何度か声を出してしまった。

やっとのことで着替えが終わると、目隠しから解放された。

「なんか……疲れた」

「もう、これからライネさんに会いに行くのに、そんなことでどうするのですか！　それにまだ終わっていませんよ。さあ、次はこっちに来てください」

今度は化粧台に座らせて、長い金色の髪を櫛《くし》でといていってくれる。それがとても気持ちょいのだ。

「うまいな」

「いつもやっていることですから。女の子は大変なのです」

「そうなんだ」

「はい、できあがり！」

姿見まで歩いていき、確認するといつものロキシーだ。キリッとしていてかっこいい。

試しに顎に人差し指と親指を当てて、キメ顔をしてみる。いい感じだ。

しかし、それを見たロキシーに、私はそのようなことはしませんと叱られてしまった。

「それではフェイの屋敷に行って、私も着替えましょう……か……」

「うん、そうだ……な……」

部屋から出ようとした時、ドアから覗くアイシャ様の姿が!?　なんとも言えないような顔をして俺たちを見ている。

そのまま、無言で部屋に入ってきて言うのだ。

「ロキシー、フェイト……二人のことだからあまり言いたくはないけど、あそこからずっと見ていたら、あなたたち……そういうのはやめておいた方がいいと思う。物事には順序ってものがあるの。いきなり部屋に入って、感極まって押し倒してみたり、目隠しをして服を着替えさせてもらったり。母として、娘の隠れた趣味を知ってビックリよ！」

「母上、誤解ですっ!!」

ロキシーが必死にアイシャ様に飛び付いて、弁明しようとするけど逆効果だった。なんせ、俺の姿でアイシャ様に迫っていくものだから、さすがの彼女もあたふたしていた。

「フェイト、こらっ。どこを触っているの、あああぁぁ！　どうしちゃったの⁉　ロキシーでは満足できずに私まで……ごめんなさい、あなた……私は一体どのようなことをさせられてしまうの！」

ヤバイ、ヤバイ！　勘違いされているぞ！　このままでは、俺への信頼が大暴落だ。

俺はなんとか間に割って入って、事情を説明していく。

朝、目覚めたら俺とロキシーが入れ替わっていたこと。そして、昨日のホブゴブの森で起こったことが原因かもしれないこと。アイシャ様が理解してくれるまで根気強く話した。

「そういうわけね。もうっ、びっくりしたわ。親子ともども、フェイトに襲われてしまうのかも、なんて思ってしまったじゃない。もう年甲斐もなく、ドキドキしちゃったじゃない」

アイシャ様は冗談交じりに笑っていた。どうやら、誤解は解けたみたいでよかった。

ホッとしていると、アイシャ様が今度は仕返しとばかりに、俺に抱きついてくる。なんで？　俺なの？

「アイシャ様、ちょっとやめてください」

「親子のスキンシップよ。ほら、見た目上は私たちは親子ですもの。それに嫌がっているとやめたくなくなっちゃう」

「キャアァァ、助けて。めっちゃ、お尻を触られている！」

　アイシャ様の悪乗りに、ロキシーもご立腹だ。

　こんな非常時にまた悪い癖が出てしまったようだ。彼女は何かにつけて、俺の困った顔を見て楽しまれるのだ。

　ロキシーはまた母親に飛びかかって、俺ごとベッドの上に倒れ込んだ。

「母上、このような時に戯《たわむ》れはいい加減にしてください」

「やめて、フェイト。私の心にはまだ夫がいるの」

「ぐぬぬ……母上。今、私がフェイの姿なのですよ！」

「アイシャ様、遊ぶのはこのくらいに」

　俺の姿をしたロキシーが、アイシャ様に馬乗りになってプンプンと怒っている。俺はその横でどうしたらいいのか、オロオロしていた。

　ベッドの上ですったもんだしていると、開いた部屋のドアから視線を感じた。

そこには、使用人の上長さん――ハルさんがメガネを曇らせながら盗み見ていたのだ。

アイシャ様とロキシーもそれに気がついて、そちらに目を向ける。ハルさんは途端に顔を青くして、頭を何度も下げて言う。

「申し訳ありません。私は皆様がそのようなご関係だとはまったく知らず……今見たことを誰にも言いませんので、失礼します！」

血相を変えて逃げ出していくハルさん。さすがのアイシャ様もバツの悪い顔をしていた。

そして、俺たちは部屋を飛び出して、廊下の端まで走っている彼女を捕まえに走るのだった。

＊

ハルさんの誤解もなんとか解け、俺たちはやっとことさでバルバトス家に移動した。

俺は玄関でロキシーの着替えを待っていた。

俺の時のように目隠しして着替えるほどのこともないと思ったので、彼女にすべてを任せたのだ。

ハート家の屋敷を出ていくときにアイシャ様が、ロキシーにはまだ荷が重そうなので、自分が着替えを手伝うと言い張っていた。だが、ロキシーの大反対によって、それはなくなった。

俺的には、アイシャ様に俺の体を預ける方が遥かに危険すぎるので、どう考えても信頼できるロキシーにまかせる一択だ。

今日中に元の体に戻らなかったときは、アイシャ様から一緒にお風呂に入りましょうね、なんて言われてしまっている。

本気ではないと信じたいところだ。そんなことを思っていると、着替えの終わったロキシーが階段から下りてきた。その横にはアーロンとメミル、サハラまでいる。

どうやら、彼らに捕まって中身がフェイトではないと気づかれてしまったのだろう。案の定、アーロンがロキシーの姿の俺にニッコリと笑って話しかけてくる。

「フェイトよ、またおかしなことになってしまったようだな」

「はい、まさかロキシーと入れ替わってしまうなんて」

「あまり外の者に知られるのは聖騎士の立場上、良くないだろう。まだこのことを知っているのはハート家のアイシャとハル、そして儂らだけだ。これから軍事区に行くなら、おかしな言動は控えるように。今はロキシー・ハートであることを忘れるでないぞ」

「気をつけます」

俺たちを心配して言ってくれていることなので、屋敷から外は気を引き締めていこうと思う。喋ると男っぽい感じになってしまうので、できる限り口を開かない方が良いだろうな。

サハラが心配そうに俺の側までやってくる。

「フェイト様……」

「大丈夫！　すぐに元に戻るさ。それまでは屋敷のことを頼んだよ」

「はい、がんばります！」

頭を撫でると、サハラは安心したように笑顔を見せてくれた。

そしてメミルは何やらロキシーと話した後、俺へ向けてお辞儀をすると厨房の方へいってしまった。

「では、行ってきます」

アーロンとサハラに見送られながら、俺たちは軍事区の研究所を目指して歩き始めた。

途中、俺はロキシーにメミルと何を話したのかを聞いてみると、彼女は微笑みながら言う。

「メミルも素直じゃないですね。彼女なりに心配していたようです。フェイト様のことをどうかお願いしますって言っていました」

「そっか……あのメミルがそんなことを……」

いつもそっけない態度で俺に接してくるメミルだったけど、心の中の距離は昔より近づいているのかもしれない。

満月の時にある行為をしないといけない彼女にとって、俺はどうしても必要な存在なのかもしれないけど……。

一抹の不安を覚えつつも、今はロキシーが教えてくれた言葉が嬉しかった。

しばらく聖騎士区を北に進むと軍事区へ繋がる大門が見えてきた。ここは聖騎士専用の門のため、行き交う者は少ない。

門番も遠くから俺たちの姿を確認すると、門を開き始めた。俺とロキシーは五大名家なので、顔は兵士の中では知れ渡っているためだ。

アーロンが言ったように、有名人であるロキシーの品位を傷つけてはいけない。

門を通り過ぎるとき、ロキシーがいつもしているように、兵士たちに愛想よく挨拶をしていく。

それだけで、彼らは目をハートにしてメロメロになってしまう。何ていう破壊力だ……さすがは王都セイファートの女神様と言われるだけのことはある。

手応えを感じながら、後ろを歩くロキシーに目を向ける。

彼女はいつものように、俺の顔で満面に笑みをたたえて兵士たちに挨拶していた。

「皆様、いつもご苦労さまです！」

「ああ……はぁ……」

そして、よく見たら彼女は俺の体で内股で歩いていた。その姿を兵士たちがいぶかしげに見ているのだ。

俺はすぐさま、ロキシーに伝える。

「まずいって！」

「なにがですか？」

「俺じゃなくて、ロキシーになっていたよ」

「えっ、あらら。言われてみれば、やっちゃいました。今の私はフェイト・バルバトスですね」

そう言ってロキシーは懸命に俺のマネをしていた。少々ぎこちない歩き方だけど、前よりは良いだろう。

本人はうまくやれていると思っているようで、得意げに言ってくる。

「どうですか？　うまいものでしょう。私はフェイのことをよく見てますからね。いつもこんな風に歩いています」

「そんながに股歩きはしてないって」

「意外にもこのような感じですよ」

「えええぇぇぇ」

本気で歩き方を見直そうかと思う俺に、ロキシーはしてやったり顔で言うのだ。冗談ですよと。

また、騙されてしまった。でもそれは悔しいという感情では一切なくて、楽しい気分にさせてくれた。

俺たちは入れ替わってしまった状況でも不安はあまりなかった。きっと、入れ替わった相手がロキシーだから、こんなに落ち着いていられるのだろう。

互いのマネをしながら進んでいくと、ライネがいる研究所が間近に見えてきた。ここで有力な情報を得られることを願うばかりだ。

このままロキシーの姿だと、アイシャ様と一緒にお風呂に入らないといけなくなるしな。

そうなったら、絶対に無茶苦茶されてしまうだろう。

第6話　ライネの研究室

研究所は二十階建てで、思わず見上げてしまうほどの大きさだ。

これほどの高さのものを建築する技術は、もともと王都にはない。なので、ガリアの中心部にある放置された都市を参考にして建造しているそうだ。

あそこにある建物は遠目からしか見ていないが、百階から二百階以上はあった。それと比べると劣っているので、ガリアの技術をすべては再現できていないのだろう。

警備する兵士たちに挨拶をして中へ通してもらう。

研究所の中はランプとは違った照明が使われている。

ライネから教えてもらったのだが、軍事区に魔導発電所というものがあって、そこから得た電気を使って所内を明るく照らしているのだという。

俺の姿をしたロキシーが、天井で光を放っているものを指さしながら言う。

「フラメントという特殊な鉱石らしいですね。なんでも、電気を流したらああやって光り輝くとか。このような技術が軍事区だけでなく、王国中に広まると人々の暮らしはもっと良くなるでしょうに」

「そうなんだよ。こういったガリアの失われた技術は、魔科学と言われていたみたいなんだ。ライネからの受け売りだけどさ。これが広まれば、生まれ持ったスキルに依存しなくてもいい世界が出来上がるかもしれないってさ」

「素晴らしいです！　そのような世界が早く実現するといいですね」

ロキシーはそのような時代を想像しながらワクワクしていた。そんな彼女に俺は、エリスとアーロンなどと進めている事業を教えることにした。

本当なら出来上がったところでお披露目してビックリさせたかったけど、事前に伝えておいてもきっと実物を見れば驚くに違いないと思った。

「実はバルバトス家の領地――ハウゼンで軍事区の技術の共用を進めているんだ」

「ええっ、そうなんですか⁉」

彼女は飛び跳ねるほど驚いていた。それもそうだろう。

今まで、軍事区の研究は王国の秘匿《ひとく》とされて、一般市民には決して触れることすら許されなかったからだ。

しかし、王都にエリスが戻ってきたことによって、状況は変わり始めた。

「エリスが魔科学都市《まかがくとし》のモデルケースとして、ハウゼンを選んでくれたんだよ。今は魔導発電所を建設中なんだ」

「もうっ、教えてくれてもいいのに！」

「ごめん、ごめん。ある程度、都市が形になったら、ロキシーを招待しようと思っていたんだ」

「フェイが言っていた、スキルに依存しない都市への第一歩ですね。その時はぜひ！」

俺たちは真っ白な通路を歩き、自動で昇降するエレベーターという乗り物に入った。

ライネの研究室は最上階――二十階にある。その階へのボタンをロキシーが押すと、エレベーターのドアが自動的に閉まり動き出す。

「いつ見ても不思議ですね。勝手に動いていくこの感じは」

「俺も慣れないな。中に入れば行きたい階まで連れて行ってくれるのは楽だけどさ」

「そうですね。楽ちんですね」

エレベーターの狭い密室の中でハウゼンについて話していると、上昇が止まった。パネルの表示に二十階と出ている。

さて、ライネの研究室に行きますか……開き始めた扉から出ようとしたとき、淡い栗色の髪をした子が顔を出した。

そして、ロキシーの姿をした俺を見つけるやいなや、飛び付いてきたのだ。慌ててロキシーの背後に退避《たいひ》する。

するとドガッという大きな音を立てて、彼女はエレベーターの壁に顔から激突した。

「痛～いです！　ロキシー様、なんで避けたんですか⁉　しかも、フェイトさんの後ろへ」

「えっと……怖かった？」

「酷い！　いつもだったら受け止めてくれて、おはようのキスをしてくれるのに！」

それを聞いたロキシーが顔を真っ赤にして、否定する。

「しません！　ミリア、嘘を言わないでください！」

「？？」

ミリアは俺とロキシーを交互に見ながら、首をひねった。

そして、眉をひそめて言うのだ。

「なんだか……すごく違和感を感じます。ロキシー様の話をしているのに、フェイトさんがそれを否定するし。二人の話し方や雰囲気がいつもと違います！　ロキシー様がフェイトさんみたいで、フェイトさんがロキシー様みたいです。あれ、私は頭がおかしくなってしまったのでしょうか？」

「えっ、いつものことだろう。おかしな言動はさ……」

「何を言うのですか⁉　フェイトさん……いや、ロキシー様？　やっぱりおかしい！」

ミリアが状況を飲み込めずに混乱し始めた。なんとなく頭から湯気を出しているようにも見える。

しかたがないので、ここでも俺たちはエレベーターから降りて、入れ替わったことを説明していく。三度目ともなれば、手慣れたものだ。

ミリアは困惑しながらも、すぐに納得してくれた。意外にも適応能力が高い子だ。

「なるほど……わかりました。今はフェイトさんの体にロキシー様が入っているんですね。そして、ロキシー様の体にフェイトさんが……なんて羨ましい！　私がロキシー様と入れ替わりたかったです。そしたら、あんなこともこんなこともし放題です！　ぐへへへへへ……」

本人を目の前にしてとんでもないことを平気で言うな……。見ろよ、ロキシーが青い顔して半泣きになっているじゃないか。

「よかったです。フェイと入れ替わって。ミリアだったら私の体はどうなっていたことやら……」

胸に手を当てて、安堵するロキシー。俺はそんな彼女の肩に手を置いて同情するのだった。

ミリアは今日、ロキシーが結果を聞きに来ると踏んで待ち伏せしていたようだ。

聞いてみたら、エレベーターの出口の前に二時間ほど前からいたと言うので、その執念はある意味ですごいと思う。

さぞかし、その間研究所の職員たちの迷惑になったことだろう。

「相変わらずの暴走娘だな」

「くぅ〜、ロキシー様のお顔でそのようなことを言わないでください。ロキシー様なら、なりふり構わず待ってくれていたなんて、嬉しいわって言ってくれます！」

「私はそんなことは言いません！」

いつも、三人揃うとややこしくなっているのに、俺とロキシーが入れ替わっているため輪をかけて騒がしくなっている感じだ。

「私はどうすればいいんですか⁉」

「なんだ、なんだ？　どうした？」

「だって、これじゃあ……ロキシー様に抱きつけません！　ロキシー様の姿をしたフェイトさんだし。ロキシー様はフェイトさんの姿をしているし……私はどうしたらいいんですか⁉」

「知るかよっ！」

「知りません！」

血の涙を流すように、ミリアはくずおれる。そして握った拳を床に叩きつけるのだった。

俺たちの横を通り過ぎていく職員さんが、怪訝《けげん》な顔をしている。これ以上目立っては、研究所に出入りしにくくなってしまう。

ここは一つ、あまり気が進まないけど、ご機嫌取りをしておくか。頭の中でロキシーをイメージして、女神のような笑顔でミリアに声を掛ける。

「さあ、ミリア。そのようなところで座っていたら、皆さんの邪魔になってしまいますよ」

「ロキシー様！」

なんちゃってロキシー演技がうまくいっているようで、ミリアは目をハートにして飛び付いてきた。

だがしかし、すんでのところで踏みとどまる。

「くぅ～、だっ、騙されませんよ。中身はフェイトさんです！」

「何を言っているのです。私はロキシーですよ。さあ、こちらへいらっしゃい。抱きしめてあげますよ！」

「ふあああああぁぁ……」

両手を上げて待ち構える俺に、吸い寄せられるようにミリアが近づいてきた。

「わかっているのに、わかっているのに……体が勝手に……」

「ふふふふっ！　ミリア、早く来なさい」

「は～い！」

ミリアが抱きつこうとした間に、俺の姿をしたロキシーが割って入ってきた。

目を細めて、少々お怒りのようだった。

「二人共、何をやっているのですか！　今は非常事態ですよ！」

「「はい、すみません」」

ちょっと調子に乗りすぎてしまったようだ。いつもミリアに避けられ続けてきたものだから、好意的な態度を見てノリノリになってしまった。

しょんぼりとしたミリアはロキシーに言う。

「私はいつもロキシー様に抱きついて元気をもらっていたのに、どうすればいいんですか？」

「そう言われましても……今の姿でもよければ」

「ううぅぅ……中身はロキシー様、中身はロキシー様」

繰り返して言いながら、ミリアはロキシー成分を補給していた。

そんなにも俺では駄目ですか……様子を見ていた俺は、軽いダメージを受けるのだった。

「フェイトさんの体なのでゴツゴツしていましたけど、ロキシー様の心の包容力で回復しました。今日もがんばりますよ！　では、ライネさんの研究室へ行きましょう！」

散々な言われようだぜ。男だから、硬いのはしかたないだろう。このところアーロンに鍛えられて、筋肉がかなり付いてきているからな。

まあ、元気いっぱいになってくれたのでよかった。ルンルン気分のミリアを先頭に、ライネの研究室へ歩いていく。

彼女の部屋は、エレベーターを降りて左の通路を進んだ突き当たりにある。

最近は俺もよく出入りしているので、自分の部屋みたいなものだ。

ライネは人見知りするような性格ではないので、俺が部屋の中にいてもお構いなしに研究に集中していた。

今日も、朝食もろくに食べずに黙々と作業をしていることだろう。

それを見越して、屋敷から軽食を持ってきていた。

きっと、これを見せたら腹をすかせたウサギのようにぴょんぴょんと跳ねながら食らいついてくるはずだ。

何気に、彼女の父親であるムガンから、暇な時でいいので娘に餌付けをしておいてくれと、頼まれたりしているのだ。

娘の食事を餌付けと表現するムガンに、すごい言い方をするなと思っていた。だけど、実際にライネに食べさせていると、食事をくれる人と認識して研究中でも寄ってくるようになった。それでその言葉の理由がわかったような気がした。

俺たちは研究室の前まで来て、自動ドアを開ける。勢いよく開かれた先には、ゴミの山が現れた。

そう、ライネは片付けられない人なのだ。ロキシーの整理整頓された部屋とは大違いだ。

「いつ見ても汚い部屋だな」

「ええ⁉　昨日少しだけ片付けたのに……もうこんなに汚れているなんて……」

「ロキシー様と私の頑張りはどこへ……」

目を覆いたくなるような書類や器具の部品の先に、パネルをじっと見ているライネがいた。目に隈ができているところを見るに、また徹夜をしたようだった。

彼女は部屋に入ってきた俺たちに気がつくと、眠そうな顔で出迎えてくれる。

「やあ、来ると思っていたよ。おはよう！」

「おはよう！」

「おはようございます」

「呑気《のんき》に挨拶している場合じゃないですよ！　事情を早く説明しないと、ここは私がライネさんに話しましょう！」

やる気満々なミリアが、ライネに俺たちに起こっていることを話そうとするが、

「あっ、それはいい。私はわかっているから」

「ええっ⁉」

出鼻をくじかれて、何も言えなくなってしまう。そんなミリアを尻目にライネは俺とロキシーの側まで寄ってきた。

そして、髪で隠れていない方の目でじっと見つめて言うのだ。

「予想通り、入れ替わっているみたい。どう、気分は？　体に異常はない？」

俺たちは首を振ると、またしてもパネルの方へ行って、なにやら情報を打ち込み始めた。

「なるほどね」

「どういうこと？」

「まあ、入れ替わったばかりだから、影響はまだ出てないみたい。あっ、そのバスケットは私にかな？」

ライネは中に入っていたサンドイッチを頬張って、食べ出した。その姿はリスのようで、餌付けをしているような感覚を覚える。

いやいや、今はそんなことを思っている場合じゃない。

彼女は言ったのだ。まだ影響は出てないみたいだねと。

不安に思う俺たちに、食べ終わったライネは言う。

「あまりずっとそのままでいると、体……器と魂が違うから、危険だよ。最悪の場合、衰《すい》弱《じゃく》死《し》するかも」

「「えええええぇぇっ」」

それは、命にかかわることだった。ただ入れ替わって大変だ……ということでは終わらなかったようだ。

ロキシーと顔を見合わせて、どうしたらいいのかオロオロしていると、ライネに笑われてしまう。

「だから、こうやって寝ずに対応策を考えていたんだよ。話はこれからだから、まあそこらへんに座って」

俺たちはゴミをかき分けて、どうにか話ができるスペースを確保するのだった。

第7話　古代の魔物

モグモグと持ってきたサンドイッチを食べるライネ。俺とロキシーは昨日から何も食べていないという彼女の食事が終わるのを待っていた。

それに便乗しようと、ミリアはバスケットの中へ手を突っ込もうとする。

「コラッ、お前の分はないから！」

咄嗟《とっさ》に彼女の手を掴んで、止めようとするが、

「いいじゃないですか。私は朝食も食べずに待っていたんです！　ロキシー様〜……私も食べていいですよね」

ミリアはロキシーに猫撫《ねこな》で声でお願いする。

いつもの光景なのだが……相手の姿が俺なので、とてつもない違和感を覚えてしまう。

傍《はた》から見れば、仲の良いフェイトとミリアだ。

中身がロキシーなのでそうなっているだけで、今の現状を知らない者ならば、驚きを隠

せないだろう。

それくらいありえない光景だった。

ライネも珍しい生き物を見るような目で見ていたくらいだ。

なんだかんだいって、ミリアに甘々なロキシーはため息を吐きながらも言うことは決まっていた。

「仕方ないですね……。ライネさん、サンドイッチを分けてもらってもいいですか？」

「いいけど、そのかわり後でしっかりと検査させてね」

ロキシーが用意してくれた物なのに、この言いようは相変わらずだな。

もらったら、もう私の物というこの思考……私情を挟まない合理的なところが、研究者として向いているのかもしれない。

探求のためなら恥じらいもなくグイグイ来るので、そのたびに俺は困り果てたものだ。

とりあえずはライネの了承を得たことで、ミリアもサンドイッチをいただけるようになった。

「ロキシー様の手作りサンドイッチですっ！」

はむっと小さな口で懸命にかぶりつきながら、感極まって滝のような涙を流していた。

「最高です！　もういつ死んでもいいくらいです」

「縁起でもないことを言うなよ」

「このところ、ロキシー様の手料理を食べまくっているらしいフェイトさんには、わからないのです。この幸せ者がっ！　私と代わってください！」

プンスカと怒りながらも、懸命にサンドイッチを食べていく。

俺とロキシーが入れ替わったことに、初めのうちは戸惑っていたようだったけど、段々と慣れてきたみたいだ。

しかし見た目がロキシーということで、たまに無意識に体を寄せようとしてしまい、我に返って顔を赤くしていた。

「これは非常に難題ですね。見た目がロキシー様に抱きつこうとしたら、フェイトさんに抱きつくことになってしまい。中身がロキシー様に抱きついてしまえば、傍からはフェイトさんに抱きついているように見えてしまう。私はどうやって抱きつけばよいのでしょうか？」

ミリアは人生の岐路に立ったような顔をして、俺とロキシーに聞いてきた。

「知るかよっ！」

「ミリア、とりあえず私に抱きつくことから離れなさい」

そんな俺たちにライネは、最後のサンドイッチを食べながら言う。

「君たちは本当に賑やかだね。こんな騒がしい食事は久しぶり。さて、そろそろ本題に入ろうか」

ポケットから取り出したハンカチで口元を拭うと、彼女は俺たちを別室へと案内する。たしか隣は検査機器が置かれている部屋だ。

ここで俺やグリードが精密検査を定期的にされている。ん？　そういえば、グリードの奴はどうしたんだろうか？

腰に下げている剣に手を当てるが、反応がなかった。

あっ……そうだった。今はロキシーの姿なので、装備しているのは聖剣だ。ということは、グリードはロキシーが持っていることになる。

入れ替わったことに気を取られすぎて、あの小うるさい相棒を忘れてしまっていた。彼からも話を聞いておきたいと思って、前を歩くロキシーに声を掛ける。

「グリードと話したいから、黒剣をもらえるかな」

「そうですね、グリードさんの意見も必要ですね。私もずっと持っていたのに忘れていました。はい、どうぞ」

「ありがとう」

さて、《読心》スキルを発動させて……おや……!?

「グリードと話せない！」

「えっ」

俺とロキシーが顔を向き合わせて、この状況に驚いていると、ライネに笑われてしまった。

「それはそうでしょ。だって、今は入れ替わっているし。スキルはね、魂ではなく体に宿っているのよ。だから、読心スキルを使えるのはロキシー様ね。でもどうかしら、入れ替わったばかりでまだスキルと魂が馴染んでいないかも」

「試してみます。フェイ、グリードさんをこちらへ」

「わかった」

ロキシーへとグリードを返して、読心スキルで会話できるかどうかを待ってみる。

初めのうちは何も反応がないようで、彼女は首を傾げていてうまくいっていないようだった。何度か試していると目を大きく見開いて、ロキシーが声を上げる。

「グリードさんの声が聞こえます！　思っていたよりも、低くて渋い声なんですね」

「あと態度が悪いから、気をつけてな」

グリードの注意点を言うが、笑われてしまった。話してみると、紳士で良い剣だと言うのだ。

そんなはずはない。グリードは偉そうで強欲の塊のような奴なんだ。

「信じられない……」

「そんなことを言わないの。グリードさんはフェイの相棒でしょ」

「……ちょっとまだ腑に落ちないけど、わかったよ。なんて言っているんだ？」

「えっとですね」

ロキシーは黒剣と向き合って、何やら頷き始めた。そして、最後は顔を赤くしてしまう。

一体……何を話しているんだ。気になって仕方ないぞ。

「ロキシー、どうしたんだ？」

「それは……」

言葉を濁しながらも話してくれた内容は、俺がロキシーの体でエッチなことをしないように見張っておいた方がよいというアドバイスだった。

くそっ！　なんてことを言ってくれるんだよ、グリード！

俺がそんなことをするわけが…………ない……だろうがっ！

「心外だな。長い付き合いなのに、グリードは酷いことを言うなぁ」

「今さっき、物凄く目が泳いでいましたよ」

「ロキシー様の言うとおりです。フェイトさんもやはり男の子ですからね。これは今晩、私がロキシー様のお体に何もしないように、見張っておく必要がありそうです！」

ここにきて、俺の信頼が危ぶまれていた。

みんな、朝からの流れを思い出してほしいものだ。

俺がいやらしいことを考えていただろうか。否！　入れ替わった状況をどうにかしようと慌てていた。

今は落ち着いてきたから、少しばかりは……思うところがあるけど、それは健全な若い男としてある程度は見逃していただきたい。

すると、ロキシーが俺を見つめながら言うのだ。

「私はフェイを信じていますから、大丈夫です！」

「えええええぇ、いいんですか！　それで！」

「大丈夫です!!」

ミリアはロキシーに必死に考え直すようにと言っていた。だけど、彼女の考えは変わることはなかった。

なんだかんだ言って、最後は俺を信用してくれている。それに、このままでは命に関わるという。

ロキシーの体になったことに、邪《よこしま》な感情など持っている暇はないのだ。

「ありがとう、ロキシー」

「いいえ、フェイとはガリアでいろいろとありましたし。これくらいなんてこともないです」

頷き合っていると、横から咳払いが聞こえてきた。振り向けば、ライネが口をへの字に曲げているではないか。

「君たち、そういうことは後にしてもらえるかな。わかっているの？　このままだと大変になることを！」

「「すみません」」

ロキシーと話していると、どうしても楽しくなってしまうのだ。わかっていても、こうなってしまう。最近できた俺とロキシーの悩みの一つだ。

二人して反省していると、ミリアが偉そうに言ってくる。

「そうですよ！　今は大事な話をライネさんがしようとしているのです。ちゃんと聞かないと！」

「「ミリアがそれを言う⁉」」

元はと言えば、彼女が俺たちを振り回していた。それなのに自分のことは棚に上げて、上から目線で言ってくるものだから、激甘のロキシーも今回ばかりは雷を落としていた。

あんなに叱るロキシーは初めて見た。凛々しくてかっこよかったぜ。

いつもなら保護者役のムガンがいるから、ミリアの暴挙を未然に防いでくれていた。

しかし彼はエリスと共に、山岳都市にあるラーファルの拠点を調査をするために向かっていた。

ムガンがいないと本当に大変だな……そう痛感させられる。

ライネもそれがわかっているみたいで、ミリアの首根っこを掴んで部屋の外へ連れて行った。

「えっ、なんですか？　なぜに外へ。ちょっと待ってください。ライネさ……ん…………」

ドアを閉めて、さっと鍵をかけてしまった。

締め出されたと知ったミリアがドアに付けられた分厚いガラスの向こうで、泣きながらこっちを見ている。

ライネはそれを無視して、俺たちのところへ戻ってきた。

「邪魔者は消えたわ。やっと話せる。ミリアがいたら、いつも話が脱線に脱線を重ねて、戻ってこないから」

「あぁ……それはよくわかる」

「私も……」

誰一人として、ミリアが締め出されたことについて可哀想だという声は出さなかった。今回ばかりは満場一致で、退場やむなしだ。

横目で見ると、ドアの向こうでミリアが捨てられた子猫のような目で俺たちを見ていた。気にしないでおこう……やっと静かになったのだ。

ライネはミリアがいるドアの前を通り過ぎていく。そして機材の奥へ。

しばらくして、緑色の液体で満たされたガラスの容器を、台車に乗せて戻ってきた。その中には、灰色の腕が入っている。

「これって、昨日のやつだよね」

「そうよ。大事なサンプルだから、腐らないように処理したの。どう、いいでしょ？」

とろけるような笑みをこぼしながら、ライネは同意を求めてきた。魔物の腕が入ったガラスの容器に頬ずりまでしている。

ロキシーは魚が死んだような目で顔をひきつらせる。俺も似たようなものだ。

「それよりも、その腕はどんな魔物のものか、わかったの？」

「もちろんよ！　聞いて驚かないでね」

そして、またうっとりと溶液の中にある灰色の腕を見始めた。待てども待てども続きを話そうとしないライネに、俺とロキシーは声を上げる。

「「早く、教えて！」」

「わかったから、そんなに大きな声を出さないで」

ライネは大事そうにサンプルを机の上に置いて、説明を始めた。

「解析の結果だけど、これは四千年以上前に絶滅したはずの古代の魔物よ。現存する魔物と照合しても、同じものが見つからなくてね。それで、ガリアで発掘される古代の化石まで手を伸ばしたの。そしたら、ビンゴ!!」

「絶滅した古代の魔物……」

頭の中によぎったのは、ガリアの緑の大渓谷という場所——荒廃した大地の、唯一緑のオアシスとも呼ばれるところで見た石化した魔物たちだった。

それは、渓谷の地下で静かに永遠の眠りについていた。グリードが言っていた、現代の魔物とは比べ物にならないくらい凶悪だったと……。

「なぜ、古代の魔物がホブゴブの森に出現したんだ？」

「それはわからないね。だけど、こいつはゴブリン・シャーマンと呼ばれる魔物らしい。ガリアの遺跡でね、古代の魔物についてのデータを得ていたんだ。まさか、こんなところで役に立つとは思いもしなかったよ」

そう言いながら、後ろを向いて機器を操作し始める。すると目の前にある大きなモニターに、灰色の魔物が映し出された。

頭にはロックバードの羽で作ったと思われる飾りを身に着けている。そして、手には大きな錫杖《しゃくじょう》を持っていた。

体格はゴブリンよりも大きく、ホブゴブリンよりも少し小さい。

一番気になったのは、目だ。ゴブリンは普通二個の目を持っている。だが、ゴブリン・シャーマンは四つ目だった。

「気味の悪いゴブリンだな……」

「ええ……異質ですね」

俺とロキシーの見解は同じだった。

見るからにおぞましいゴブリン。それが、俺たちを入れ替わらせた魔術を使ったというのだ。

古代の魔物なら、現代に生きる者らが知らないような失われた秘術を扱えてもおかしくないだろうと、ライネは言う。

「興味深いね。ぜひ、腕だけではなく、ゴブリン・シャーマン本体もサンプル化したいところかな」

「それよりも、入れ替わりを解除する方法は？」

「簡単だよ。地面に描かれていたという魔法陣を見せてもらったけど、この術式の描き方なら現代にも似たようなものがある。まあ、入れ替えという奇天烈《きてれつ》なものではないけどね」

ライネはニヤリと笑って簡単に言う。

「倒せばいいんだよ」

「それだけでいいのか？」

「うん、この系統は呪詛《じゅそ》系だからね。術者が魔力を消費して行使し続けないといけないんだ。今もどこかで君たちに呪いをかけ続けているはずさ」

薄暗いホブゴブの森で、腕を奪われた恨みと合わせて、呪っている姿を思い浮かべる。

考えただけで、気分のいいものではないな。

解決法がわかったのなら、すぐにでも動き出したい。なぜ、古代の魔物が現れてしまったのかは、入れ替わりが解除できてからゆっくりと思案すればいい。

「ロキシー、ホブゴブの森へ……!?」

彼女に声をかけようとするけど、様子がおかしい。額に尋常ではないほどの汗を浮かべている。

「フェイ……」

俺の名を呼ぶのが精一杯だったようで、そのままくずおれて床に倒れ込みそうになってしまう。慌てて受け止めるけど、意識を失ってしまった。

すぐにライネが真剣な顔をして、ロキシーの容態を見ていく。

そしてロキシーは、俺がいつも使っている検査機器の上に寝かされてしまった。

十分ほど経っただろうか。俺はただあたふたとしていた記憶しかない。

普段ならグリードの助言を仰げるのに、今はロキシーの体だから読心スキルが使えない。

検査結果を聞かされた時、俺は愕然とした。

「君ならよく知っていることが彼女の身……魂に起こっているようだ」

「それってまさか……」

「暴食スキルによって飢餓状態になりかけている。そのとてつもない衝動に彼女の魂が持ちこたえられずに、気を失ったようだね」

ライネが言うには、俺は暴食スキルを持って生まれたため、その耐性も少なからず持ち合わせているそうだ。

更に、俺にはルナという魂の防壁がある。彼女が普段の暴食スキルから湧き出す飢えを軽減してくれている。これらによって、今までなんとか正気を保ってこられたのだそうだ。

それがロキシーにはない。

つまり、暴食スキルの現状を考えると……彼女にはおそらくガリアで天竜を喰らったとき……いやそれ以上の飢えが襲いかかろうとしている恐れがある。

思っただけでも、身の毛がよだつ。

ライネもここまで酷くなるとは思っていなかったのだろう。

「症状が悪化していく前に、ゴブリン・シャーマンを倒した方がいい。このままではロキシーの魂が保《も》たない。彼女は私が看病しておくから」

しかし、俺は助けになる人物の顔を思い浮かべていた。

「いや、先にバルバトス家へロキシーを連れて行こう。そこで彼女を診てくれないか」

「えっ!? それってどういう……」

「すまないけど、先に行っているよ」

「あっ、ちょっと!」

俺は答えることなく、ぐったりとして眠るロキシーを抱き上げると、ドアを開けた。

外で心配していたミリアも、この時ばかりは口を開くことはなかった。こういったときはちゃんと空気を読める子なのだ。

急ぐか……屋敷にはメミルがいるはずだ。彼女なら、きっとロキシーを助けてくれる。

第8話　ミリアの過去

一刻も早く、暴食スキルからの衝動を低減させるために、ロキシーを抱えた俺は研究所の窓から飛び出した。

相当な高さだったが、聖騎士である彼女の体なら問題ない。それに俺もこの体に慣れてきたところだ。

見た目の線は細いが、日頃の鍛錬とステータスの加護によって、入れ替わっているロキシーの体は想像以上に力強くて機敏《きびん》だった。

飛び降りた窓からミリアが顔を出して、とんでもない行動に出た。

「私も行きます！　とうっ！」

「コラッ!!　なんて無茶なことを!!」

俺たちの後を追って来たのだ。まったくもって後先を考えていないな。

いつものことのように思えるけど、もしかしたらロキシーの件で気が動転しているのかもしれない。

いや、違うな。

彼女なりにロキシーが心配でしかたないのだ。だから、この高さからでも追って、飛び出してきたのだろう。

俺と気持ちは同じなのだ。ここで連れて行かないわけにはいかない。

必死な顔のミリアに思わず、親近感が湧いてしまった。

「付いて来い！　だが、どうなってもしらないぞ。俺の背に！」

「はい！」

両手はロキシーで塞がっているため、ミリアには背にぶら下がってもらう。

「フフフッ……ロキシー様の体……柔らかいです」

「このっ、非常時になんてことを！」

背に頬ずりしてくるミリア。相変わらずだな。でも、それが俺の緊張をほぐしてくれてありがたい。

並び建つすぐ隣の建物に目を向けた。

俺とロキシーなら、そのまま地面に着地した衝撃もなんとかなる。だが、ミリアは聖騎士ほどのステータスはないのだ。

着地したときに大怪我をしてしまうだろう。

「ミリアは、手がかかるやつだな」

「私だって、ロキシー様が心配なんです。仲間外れは嫌です！」

「わかっているさ。なら、しっかりと掴まっていろよ」

「はいっ」

俺は今いた研究所の壁を横に強く蹴って、落下スピードにブレーキをかける。そして、すぐ隣の建物へ向かって、同じように壁を蹴った。

後はその繰り返しで、落ちていく速度をコントロールしていく。

一直線に地面の方が早いけど、これでもそこそこのスピードで降りられるはず。正直なところ、ミリアが付いてくるとわかっていたなら、研究所内にあるエレベーターが良かったかもしれないな。

「もうすぐ地面だけど、そのまま掴まっていろよ」

「わかりました」

「へぇ〜、いつもと違って素直だな」

「私だって……こんな時までわがままは言いません」

そう言って、ミリアはプンスカと怒っていた。俺としては、日頃の行いがわがままだと自覚があったことにびっくりだ。

地面に着くと、そのまま一気に駆けて軍事区と聖騎士区を隔てる壁を飛び越える。本来なら門を通っていくのが通例だけど、そんな悠長なことをしてはいられなかった。

聖騎士の筋力をもってすれば、見上げるほどの壁もひとっ飛びだ。空中でふんわりとした無重力感を覚えていると、ミリアが心配そうな声で聞いてくる。

「ロキシー様は、本当に大丈夫ですよね……」

「ああ、すぐに元に戻るさ。まずは、その前に俺の屋敷へ連れて行く。その後でゴブリン・シャーマンを倒す」

「私も戦います！　ゴブリン・シャーマンを倒すんです。私にとってロキシー様は大事な人ですから……」

「今回はミリアを連れてはいけない」

俺はアーロンへ助力を求めて、二人でゴブリン・シャーマンと戦おうと思っていた。彼のステータスはEの領域にあり、この王都では一二を争う実力者だ。

可能なら、エリスの側近である白騎士にも力になってもらいたい。しかし、エリスだけに忠誠を誓う彼女たちとはどうも馬が合わないのだ。

それにエリス不在の王都で、王に代わって職務を遂行しているため、頼みづらいこともあった。

それに比べてミリアは明らかに実力不足だった。古代の魔物と戦うなら、少なくとも聖騎士ほどの強さがほしい。

ロキシーと一緒に屋敷で待つように言う俺の肩を強く握って、ミリアは言う。

「私だって、ロキシー様の力になりたいんです……ロキシー様だけだったんです……私を助けてくれたのは……」

助けてくれたか……その言葉は俺の胸に突き刺さる。

ラーファルたちの下で働いていたときに、謂《いわ》れなき暴力を振るわれ死にかけていた俺を助けてくれたのはロキシーだった。そして、ガリアの地で彼女を助けるために戦っていたけど、結局は暴食スキルの負荷でどうしようもなくなりつつあった。そんな俺は彼女に救いを求めていただけだった。

いやはや……なんともカッコ悪い話だ。イキがって彼女を助けると言って、このざまなのだから。

それとは別にして、ミリアにも俺とは違った恩があったようだ。

屋敷に着くまでに背中で、ポツリポツリと話し始めた。

「私はフェイトさんと同じ孤児だったって言いましたよね」

「ほら、私って孤児のくせに魔剣技スキル持ちですから、物心がつく前からいろいろとありまして……」

「ああ……」

彼女は物心がついたときには、孤児院にいたそうだ。なぜ、魔剣技スキルを持つ子を親は捨てたのかは定かではない。が、おそらく知らなかったのだろう。

生まれた子のスキルを鑑定士に調べてもらうにも、それなりのお金が必要だ。ということは、それすらもできないほどの貧しい家庭だったのかもしれない。

しかしそのまま、彼女のスキルがわからないままだったら、その先で彼女の身に起こったことは防げたのかもしれない。

ある日、孤児院を訪ねてきた商人が慈善活動だと言って、孤児たちのスキルを鑑定したことですべては始まった。

唯一、ミリアだけが特別なスキル――魔剣技を持っていたのだ。

とんでもない掘り出し物を見つけた商人は目の色を変える。

そして、シスターに将来何不自由なく暮らせるように計らうから、ぜひ引き取らせて欲しいと話を持ちかけたそうだ。併せてこの子を譲ってくれたら、孤児院に大金を寄付するとまで言ったそうだ。人の良いシスターはその言葉を信じてしまった。

まあ……そうだろうな。いい人でなければ……人を信じられなければ、見返りもなく孤児たちを育てることはできないだろう。

現に、ラーファルによって持たざる者たちを人体実験に使われたときも、シスターたちは彼を信じて簡単に騙されてしまった。

救いを信じて、救いを求めている……そういう人たちなのだ。

こういったことはスラム街ならよくあることだ。

だから、ラーファルの一件で多くの持たざる者たちの命が失われてしまったけど、シスターたちを悪く言う者はいなかった。

ミリアも同じように、自分を売り渡したシスターを恨んではいないようだった。

だが、商人に連れられていった先はある聖騎士の領地だった。

そこで首輪を付けられた。言うことを聞かなければ、耐え難い痛みが首から全身に流れるという魔器だった。

ほぼ奴隷という扱いで、五年という歳月を過ごしたそうだ。

最低限の食事のみが与えられ、彼女は休みなく領地内に入ろうとする魔物の退治をしていたのだと語った。

「おかげさまで、たくさんの経験値《スフィア》を得ましたから、これでもレベルは高いんですよ」

さらっと話していたけど、幼い子供が魔物と戦い続けたとは……。

俺が彼女の言う歳で、魔物と戦えるかと思うと、厳しいだろうな。

俺の初陣はグリードが一緒にいてくれたから、なんとかなったようなものだ。

強いスキルを持っているからと言って、強い心を持っているとは限らないのだ。そのような心は、戦いを重ねることで育てていくものだと思っている。

「戦って、戦って……繰り返していくうちに、この終わりのない戦いはいつまで続くんだろうって思うようになっちゃったんです。レベルも上がったことだし、ステータスも結構イケてると予想してですね。賭けに出たんですよ」

「まさか……」

「ほら、ここを見てください」

バルバトス家の屋敷への道を駆けながら、ミリアが俺に見えやすいように後ろから顔を出してくる。横を向いて首筋を確認すると、うっすらと切り傷の痕が残っていた。いや、火傷《やけど》のような痕とも言えるだろうか……。

「首と首輪の隙間にですね。炎の魔剣の先を突っ込んで、焼き斬ったんです。死ぬほど熱かったんですけど、運良く私が死ぬ前に首輪が切れました。そして、命からがら王都へ逃げ込んだわけです」

他に行く当てもなく、彷徨《さまよ》い歩いたミリアは華やかな王都へ引き寄せられるようにたどり着いたのだという。

これほどの都なら、自分でも何かできることがあるかもしれないと思ったようだ。

その考え方……発想……なんか俺と似てないか⁉　いやいや……ミリアと同じレベルのはずがない‼　だよな……？

「どうしたんですかっ？　話を聞いているんですかっ？　私がこんなにも真剣に話をしているのに！」

「聞いているって、それはもう真剣に、聞き入っちゃったんだよ」

「本当ですか〜」

「失敬な、バルバトス家の当主である俺が、そのようなことをするわけがない！」

「いつもは家の名前を持ち出さないのに……なんか怪しいですね」

肩を掴む手に力を感じるぜ。だが、すぐに弱まっていく。

「まあ……いいです。一文無しで……ボロボロの服を着て王都のスラム街を彷徨っていたら、お腹が空きすぎて倒れちゃったんですよ。そこで……」

「ロキシーに拾われたわけか」

「あっ、なんで先に言っちゃうんですか。大事なところなのに！　まったく……そういうところが駄目なんですよ」

「ごめん、ごめん」

少しの間、またもプンスカと怒らせてしまった。でもすぐに気を取り直してくれて、話の続きをしてくれる。

ロキシーに拾われて屋敷でしばらく介抱されたという。

すっかり元気になった彼女は、ロキシーの別《わ》け隔てない人柄に惹かれて、仲良くなっていったのだという。

「もう誰も信じないって思っていたんですけど、ロキシー様だけなら信じてもいいかなって思ったんです。まあ……フェイトさんならわかってくれると思いますけど。今ではムガンさんやライネさんなど輪が広がっているんです。ロキシー様に感謝です」

「そっか……」

「いろいろ考えて、ロキシー様のお役に立ちたくて王都軍へ入ったんです。ほら、魔剣技スキルって希少ですから。でもそのときにロキシー様のお力を借りてしまいましたけど。ダメですね……私。今回のことだって、何も役に立ててないし」

元気だけが取り柄のくせして、ふと弱気なことを言ってしまうミリア。いつもは強がっているのかもしれないな。

俺は目前に迫ったバルバトスの屋敷を見ながら言う。

「ダメじゃないさ。わかったよ、一緒にロキシーを助けよう。力を貸してくれるか、ミリア」

「はい、ありがとうございます」

嬉しそうに返事をするミリアは、俺の背中から飛び降りた。屋敷の門の前までやってきたのだ。門を開けながら、彼女は言うのだ。

「私のことを教えたんですから、今度はフェイトさんのことを教えてくださいね。嫌とは言わせませんから！」

「ああ、ゴブリン・シャーマンを倒したら、教えてやる。長話になっても、途中で寝るんじゃないぞ」

「それは、話の内容によりますね。面白くなければ、寝ます」

「俺の人生を面白いか、面白くないかで判断するんじゃやない」

ケラケラと笑いながら、ミリアは屋敷に入っていく。アーロンを呼びに行ってくれたようだ。

今まで彼女と距離を感じていたけど、少しだけ縮まったような気がした。俺は今もぐったりとしているロキシーを抱いて、屋敷の中へ入った。

第9話　大罪の反作用

玄関には、俺が戻ってくるのを予期していたかのように、メミルが立っていた。

うっすらと笑いながら、俺が抱いているロキシーを見て言う。

「やはり、そのようになりましたか。急を要するようですね。こちらへ……」

朝方、俺と入れ替わったロキシーを見たときから、彼女の異変を感じていたようだった。

俺の前ではそのような素振りを見せていなかったけど、メミルが着替えを手伝ったときには違ったという。一瞬だけ、立ちくらみのようにふらついたそうだ。

「俺に教えてくれても……」

「ロキシー様から、言わないように念を押されていましたので……申し訳ありません」

「そうか……」

メミルはロキシーをガリアの地へ送るために画策した過去があった。その後ろめたさのため、彼女のお願いを受け入れるしかなかったそうだ。

そして、朝見せたロキシーの様子が、暴食スキルに影響される俺に似ていたという。

気のせいだといいと思いつつも、もしものために屋敷で待っていてくれたみたいだった。

気が利く彼女に感謝しながら、ロキシーを自室へと運んでいく。

俺とメミルとの昔の関係は、今の真逆だった。それがまだわずかに尾を引いている部分が引っかかっている自分がいる。それもしかたのないことだと思ってもいる。だって、彼女がやってきて一ヶ月も経ってはいないのだから。

互いの関係のリスタートには、俺にもメミルにも時間が必要なのだろう。しかし、俺たちには利害関係とも呼べるものがある。

ロキシーを助けるためにも、また今回もメミルの力を借りようとしていた。

「昨夜からまだ間もないけど、大丈夫なのか？」

「ええ、問題ありません。私としては毎日でも」

小悪魔のような顔を見せて、ニッコリと笑ってみせるメミル。何度かしてもらっている俺としても、あの感覚を思い出して苦笑いで返すしかなかった。

自室のベッドにロキシーを寝かせて、俺は後ろへ下がる。入れ替わるように、メミルが前に出て、未だに顔を歪めて苦しむロキシーを見据えた。

「よろしいですね」

「ああ、暴食スキルからロキシーを助けてくれ」

「では」

メミルはロキシーに覆いかぶさるようにかがみ込むと、大きく口を開けた。普通の人間とは比べ物にならないくらい発達した犬歯が顔を出す。それを首筋に突き立てたのだった。

吸血衝動――それがラーファルによって引き起こされた事件の末にメミルが負ってしまった体質だった。

ライネ曰く、シンというナイトウォーカーの始祖によって、もたらされたものだという。

メミルにもラーファルと同じように、シンの一部が移植されていた。しかし、ラーファルと決定的に違ったのは、それに適合してしまったことだ。

だから、メミルはシンの影響下に至らず、ナイトウォーカーとしての力をコントロールできるようになっていた。

通常、ナイトウォーカーに吸血されると、生きた屍《しかばね》のようになって所構わず人を襲うようになってしまう。

そうならないように、彼女は力を抑えることができるのだ。

メミルはナイトウォーカーの始祖までとはいかないが、それに近い存在になっていた。

そんな彼女でもどうしても抑えられないのが、吸血衝動だった。

これがまたやっかいで、普通の人間の血では大した満足感が得られない。そして、どの血なら自分を満たしてくれるのかは、その者を見れば本能的にわかってしまうのだという。

つまり、簡単な話……俺だった。

アーロンがお城からメミルを連れてきたあの日——バルバトス家の使用人として働くことになり、顔を合わせたときに、彼女は俺を見て小悪魔のような笑みをこぼした。

その表情はメミルが意識的にやったものではない。血の渇きによって、無意識に出てしまったものだったそうだ。

俺はあの獲物を狩るような視線に、冷や汗をかいたくらいだ。

それ以来、ライネからも事情を聞き、俺は週に一度メミルに血を捧げているのだ。

そうしないと、血が欲しくて満足できないメミルが、我を忘れてアーロンやサハラに噛み付いたり、果てはお隣のハート家の人たちにまで危害を加えかねなかったからだ。

まあ……本人はいくら吸血衝動が酷くなっても、我を忘れるほどにはならないと言っていたから、俺の予想は杞憂だろう。

初めて彼女に血を吸われたときに、俺はある発見をしてしまう。

そう、暴食スキルによる飢えが抑えられたのだ。グリードが言うには、シンが持つ大罪スキルと俺が持つ暴食スキルがぶつかり合って相殺《そうさい》されたらしい。

確証はないそうだが、ナイトウォーカーを作り出す力……そのものはシンの大罪スキルが為せることみたいだ。

その力の一部を取り込んだメミルが、俺を吸血することによって、すべてではないけれど互いの力を収めたのだ。

俺はメミルが喉を鳴らして、血を飲んでいくさまを見守っていた。それにしても、すごく……美味しそうに飲んでいるな。

首元に噛みつかれる俺としては表情まで見ることはないので、あんなにうっとりとして啜《すす》られているとは思ってもみなかった。

「終わりました」

暴食スキルがかなり侵食していたようで、体の血を大きく奪ったという。

メミルとしては、失血死一歩手前まで吸うしかなかったみたいだった。暴食スキルからくる衝動は収まり、苦しむようなことはなくなった。

しかし、今度は大量の血を失ったことによって、意識を失ってしまった。

「こうするしかありませんでした。これでしばらくはロキシー様は大丈夫でしょう。ですが、また暴食スキルが暴れ出したら、抑えることは不可能です。これ以上は血を吸うことはできませんから」

「そうか……でも助かったよ。ありがとう、メミル」

するると、彼女は俺に顔を見せないように、横を向いて咳払いをした。

ロキシーの容態が落ち着いたことで、急を要することもなくなり、ホッとした俺はベッドの横にある椅子に腰掛けながら言う。

「なあ、ちょっと聞いていいかな」

「なんでしょうか？」

「俺の血って美味しいの？」

「それは……」

「それは？」

「…………秘密です！」

教えてもらえませんでした……。

がっくしと肩を落としていると、ミリアが部屋に飛び込んできた。

続いて、アーロンとサハラも中へ入ってくる。不安そうに駆け寄ってくるが、容態が落ち着いたことを話すと強張った顔が緩んでいった。

「フェイト様！　私、アイシャ様を呼んできます」

「そうだな。お願いできるか、サハラ」

「はい！」

サハラはツインテールを左右に揺らしながら、部屋を出ていった。幼いながらよく気が利く子なので助かる。

母親であるアイシャ様が来てくれると、ロキシーの看病もしやすいだろう。

メミルはバルバトス家のメイドという立場なので、他家の聖騎士である彼女の面倒を見るのは少々難しいところがあるのだ。

ハート家はこういった家々の関係にうるさくはないというのはわかっている。しかし、他の家の使用人にはばかられるのだ。

たとえば、ハート家の使用人を俺がしていたときの上長さん――ハルさんも俺がお泊りするときに、顔見知りの仲であっても他の家の聖騎士であるということで、尋常ではないほどの気配りをしていたくらいだ。

俺が聖騎士らしくないというので忘れがちになるが、この王国では絶対的な特権階級であるのだ。

それを聞いたメミルは胸を撫で下ろしていた。

「アイシャ様が来てくださるのなら安心ですね。私やサハラのようなただのメイドでは畏れ多いこともありそうですし」

「畏れ多い？」

なんだか……言葉に引っかかるものがあるけど……。

その横ではミリアが、俺をどかすようにして座った椅子でロキシーの手を握っていた。

「ロキシー様……しっかりしてください。フェイトさん、本当に大丈夫なのですか？」

「ああ、今のところな」

ミリアやサハラには、ロキシーをどう治療したのかは言っていない。それはメミルが人の血を吸うことも教えないといけないからだ。

あまり良いことではないので、黙っていようと決めていた。

メミルが屋敷へメイドとしてきたときに、彼女からそうしてほしいというお願いを受けてもいたからだ。

吸血衝動について知っているのは、俺とアーロン、ライネ……それにエリスと白騎士たちくらいだ。

おそらく、この一件が収まったなら、それに加えてロキシーも知ることになるだろう。

知られたくはない秘密を知られてしまう……その恐れは俺もよくわかる。

暴食スキルの真の力を得てから、いつそれに飲み込まれてしまい化け物のようになってしまうか……しかもこの世界のレベルやステータス、スキルという理《ことわり》すらも逸脱している異端の存在。……知られるのが怖かった。

それを見たロキシーがどういう反応をするか……考えたくなかったんだ。

ミリアにロキシーが今は疲れて眠っていることを伝えて、大丈夫だと念を押す。そんな俺の肩にアーロンが手を置いてうなずく。

「今はロキシーの体のままだが、これからどうするのだ？」

「ええ、入れ替わりの原因となった魔物がわかりましたので、そいつを倒そうと思います。そうすれば、元に戻るとライネが教えてくれましたから」

「なるほど、倒せば元に戻る術系か。リッチ・ロードと似たように呪術で魂を縛って、コントロールしているのかもしれんな。今回の場合は、操るではなく入れ替えだがな」

俺が以前、ロキシーを追ってガリアを目指しているときに、アーロンと出会い……そして戦った冠魔物【死の先駆者】リッチ・ロード。

それは、死者の魂をこの世に留めて、死体を操る力を持っていた。

リッチ・ロードは、アーロンの妻と息子を盾にして、彼を長年に渡って苦しめていたのだ。

しかし、アーロンはそのしがらみを乗り越えて、俺と共にリッチ・ロードを倒した。

その際、支配されていた魂たちは解放されて、天に昇っていったことをよく覚えている。

アーロンが言うように、今回の古代の魔物――ゴブリン・シャーマンもリッチ・ロードと似たような力なのかもしれない。

「魂をもてあそぶような魔物は許すわけにはいかん。儂も参戦するぞ！　よいな、フェイト！」

「はい、もちろんです。ぜひ、お願いしようと思っていましたし」

「そうか……腕が鳴るのう」

最近、お城での内勤が多かったこともあって、アーロンは戦いたくてウズウズしていたようだ。初めから、それを予期していたのだろう。

この部屋に入ったときから、帯剣していたし。

彼はことにこういう戦いへの嗅覚が尋常ではないのだ。Eの領域にも達してしまったことだし……どんどんパワフルお爺ちゃんになっていく。未だに成長中なのである。

「俺はロキシーの体で戦うことになりますから、魔物がもしEの領域なら、アーロン頼りになってしまいます。あの……ラーファルとの戦いの傷はもう良いのですか？」

「ふむ、このとおり。完治しておる。任せておくのだ」

頼もしすぎるぜ。

アーロンがいると基本的に負ける気がしない。

まだ見ぬゴブリン・シャーマン討伐の話をしていると、ミリアが割って入ってきた。

「私を忘れないでくださいね」

「ほう……ミリアも付いてくるのか？　フェイトよ」

「はい、今回はホブゴブの森のどこにその魔物がいるのかわかりませんから、人数が多いほうが良いかと。あと、彼女の心情もありますし」

「落ち着きがないところが玉にキズだが、良い腕をしておるからな。うむ、よろしく頼むぞ」

「はい！　えへへ……剣聖のアーロン様に褒められてしまったです」

俺が褒めても嬉しがらないくせに、アーロンだとぜんぜん違うな。この差は一体なんだろうと思いつつ、釘を刺しておく。

「調子に乗るなよ。失敗は許されないんだからな」

「わかってますよ。本当にフェイトさんは口うるさいんだから……困ったものです」

注意しただけなのに、最終的に俺が悪い感じになってしまった。なんだか釈然としないぜ。そしてミリアのあの得意げな顔が……。

「フェイトさんは、どこか抜けたところがありますし。私が付いていかないと！」

「こらっ、俺を勝手に間抜けキャラにするなよ。ですよね、アーロン？」

「ん？　…………そうだな」

嫌な間があった。

もしかしたら、俺ってミリアが言うように、抜けているのか……そんなバカな……。

グリードに聞きたいけど、今はロキシーの体で読心スキルを持っていないのでダメだった。

俺は黒剣をロキシーが寝ているベッドの横に置いて、何かあったときのためにグリードにお願いしておく。

「ロキシーのこと頼んだぞ」

返事はないけど、なんとなく『今回は俺様抜きでやってみろ』という声を聞いたような気がした。

部屋を出ていこうとするが、その前にドアが開かれた。

入ってきたのはアイシャ様とサハラだった。

普段は飄々《ひょうひょう》としているアイシャ様でも、今回ばかりはよほど心配だったのだろう。ここまで走ってきたようで息切れをしていた。

「ロキシーはどうなの？」

「今は落ち着いています。これから、入れ替わりの元凶を断ちに行くところです」

「そう……」

アイシャ様は眠るロキシーを見て、次第に落ち着いたようだが、彼女は夫であるメイソン様を失って、まだ一年も経っていないのだ。

朝、俺たちにいろいろとイタズラをして困らせていたけど、内心では不安があったのかもしれない。

大事な一人娘の身に入れ替わりが起きて、今はこうして意識を失って眠りについているのだ。これで心配しない親はいないだろう。

だがしかし、根っからイタズラっ子な彼女を俺は失念していた。そう、辛い状況だからこそ、あえて明るく振る舞う彼女のこと……。そういったところは娘であるロキシーと似ている。

部屋から出た俺の耳に、戻りたくなるような話が聞こえてきたのだ。

(汗をたくさんかいていますね。体を拭いて着替えをしないと！　メミル、サハラ！　手伝ってもらえますか？)

(それって裸にするってことですよね……ゴクリ……)

(しかし、フェイト様のお体ですよ。それはちょっとまずいのでは)

(わっ、私も、メミルさんと同じ意見です！)

（何言っているの！　フェイトの体でも、中身はロキシーです。母親である私が良いといえば、なんの問題もありません！）

（（なるほど！））

えっ!?　納得しちゃったよ！

（さあ、脱がしますよ！）

（（はい！））

俺の体はどうなってしまうんだ。なんで、メミルとサハラは清々しいほどの良い返事をしているんだ！

そこは止めるところだろう!!　アイシャ様を呼んできたのは失敗だ。明らかな人選ミスが起きているぞ。

やっぱり部屋に戻ろう。そう思ってドアノブを握ろうとするが、

「何をしておる！　急ぐぞ、フェイト」

「そうですよ。早く、ゴブリン・シャーマンを倒さないと！」

右腕をアーロン、左腕をミリアに掴まれてしまう。そのまま廊下を進んで行き、一階の玄関へ。

「ちょっと待って、俺の部屋で何やら危険な香りがするんです！」

「おかしなことを言う。アイシャが来てくれて看病してくれるのだぞ。これ以上のことはないではないか」

「アイシャ様が直々に見てくれるんです。羨ましいですよ」

「いやいや」

屋敷の外から俺の部屋を眺める。すると、女性たちの声が聞こえてきたのだ。

どう考えても、俺の体は危険な状態だ。あそこへ戻れないのならば、一刻も早くゴブリン・シャーマンを倒さないといけない。

俺は腰に下げている聖剣に手を当てて、ホブゴブの森へと駆け出す。うん、ロキシーの体にもかなり慣れてきた。

まずはゴブリン・シャーマンの腕が落ちていた場所へ行こう。

第10話　ミリアの奮闘

俺たちは聖騎士区を出て、商業区へ移動していた。ここにある西門から、ホブゴブの森へまた行くためだ。

昨日はロキシーとミリアとだったが、今回はアーロンとミリアだ。

歴戦の猛者《もさ》であるアーロンが付いてきてくれているので、俺としては安心だ。ミリアも同じようで、どこか落ち着いた顔をして隣を歩いている。

ゴブリンたちの不穏な動きに、商人たちが操る荷馬車が行き交って騒がしいはずの西門は今日も静まり返っていた。

アーロンが閑散《かんさん》とした状況を見回しながら言う。

「これは……思った以上だな。お城にもこのことは上がってきていたが、聞いていたよりも酷い」

「ええ、俺も昨日見たときはびっくりしました」

「はい、は〜い！　私もです。ここで小腹を満たそうとしたら、この前まであった最後の食べ物の露店がないから、がっかりしたんです」

人が真面目に話しているのに、間に入ってきてミリアはどうでもいいような話を始める。

まあ、いつもの調子が戻ってきたからいいとしよう。

アーロンも苦笑いしながら、話を続ける。

「ロキシーとフェイトの命もかかっていることに合わせて、このまま流通が滞れば最悪の場合、王都内の食料が底をつくかもしれん」

そして髭《ひげ》をさすりながら、難しい顔をしていた。

王都自体に食糧の生産能力はほとんどなく、他の領地からの流通によってまかなっていた。

特に生きていく上で最低限必要な小麦粉、塩が絶たれてしまうのは厳しすぎる。

俺は王都のスラム街に五年ほど住んでいるから、それが身にしみてよくわかっていた。

王都の流通の要は、商業区の外門からのびる街道にある。その道の先に商人の都市テトラがあるのだ。

テトラで一旦、各領地からの食料などが備蓄され、検疫された後に王都へ運ばれるのが通例となっている。それ以外のルートで入ってきた食料は認められず、もし見つかったなら厳しく罰せられるのだ。

今は、テトラまでの道中にあるゴブリン草原、ホブゴブの森の異変によって、商人たちがおいそれと来られなくなっている。

もちろんすべてということではなく、何人かの商人は競争相手がいない今を見計らい、命をかけて物資を王都へ運んでくるかもしれない。

それでも、王都民が消費する量からすれば、微々《びび》たるものだ。

こういったときに貧乏くじを引くのが、立場が一番弱いスラム街の人々だ。

俺も以前はその枠にいたので、一年に一度くらい経験していた。

ゴブリン草原にはぐれ魔物という強い魔物がやってきて暴れ出したときには、餓死するかと思ったくらいだ。

あの時は、暴食スキルからくる空腹感と、食べ物がないという絶望で本当にヤバかった。

この閑散とした西門を見るに遠くない未来、食糧危機がスラム街を襲うことだろう。

「今日中に、かたをつけましょう」

「うむ、そうだな」

「もちろんです！　ロキシー様のお命がかかっているんですから！　フェイトさん、しっかりとしてくださいよ！」

まるで……俺がしっかりとしていないような言われようである。ぷりぷりと怒ってみせているが、ミリアなりの気遣いなのかもしれない。

ロキシーをバルバトス家の屋敷に連れて行く際に、彼女の過去を教えてもらった。そのことで距離が少しだけ近づいたのかもしれない。

よしっ、今後のことを考えて、もう少し距離を近づけておきたい。なんせ、ミリアはロキシーが行くところ行くところに付いてくるからだ。

だから、そうなった場合に三人仲良くしたいのだ。

今はロキシーの姿でもあるし……パンチが飛んでくることはないだろう。

俺は意を決して、ミリアの頭を撫でながら言う。これはロキシーがよく俺にしてくることでもあった。

「ありがとう。心配してくれて……よしよし」

「うううぅぅ……卑怯《ひきょう》です……ロキシー様の姿で、親愛に満ちた顔で言うのは反則です」

ミリアは顔を真っ赤にして、なんとか持ちこたえているようだった。しかし、しばらく頭を撫でていると、ふにゃ～っとした緩んだ顔になっていた。

「ロキシー様じゃないのに……ロキシー様じゃないのに……」

そう言っているけど、おとなしいミリア。されるがままだ。

これでミリアとも仲良くなれたと思っていると、アーロンに叱られてしまう。

「何を遊んでおるのだ！　早く行くぞ。そのようなことはすべてが終わった後にでも、いくらでもできよう」

「「すみません……」」

二人して謝ることになってしまった……。

言うだけ言って先に西門を出ていくアーロン。彼を追っていると、ミリアから小声で言われる。

「もうっ、フェイトさんのせいで、アーロン様を怒らせてしまったじゃないですか」

「ミリアがあんなに幸せそうな顔をしているからつい……」

「そんな顔はしていません」

「いやいや、していたって。なんなら、もう一度しようか？」

「それは反則です」

ミリアは走り出して、アーロンのところへ。俺も追いかけるように合流した。

さあ、ここから先は戦いだ。良い気分転換をさせてもらった。ムードメーカーたるミリアには感謝している。

＊

鬱蒼とした森の中に、俺たちはいた。

足元には所々戦いによってかすれてしまっているが、奇っ怪な魔法陣が描かれている。

ここは、俺とロキシーが入れ替わりの魔術をゴブリン・シャーマンによって行使された場所だ。

そしてホブゴブの森の中心部であり、唯一開けたところでもある。

この場所からなら、周囲を見渡すことも可能だ。同時に敵からも俺たちが丸見えとなってしまうわけだが。それでも、今やろうとしていることを考えれば、どうしてもここが効率が良かった。

「フェイト、始めるぞ」

「はい」

俺とアーロンは頷き合って、意識を集中させる。二人でホブゴブの森――そこにいるすべての生き物の魔力を探知しようとしているのだ。

直径十キロメートルほどある広い森を隈なく把握するには、骨が折れる作業となるだろう。

時間もそれなりにかかる。アーロンの目算では十五分ほど。

その間は俺たちは意識を集中させていて身動きが取れない。つまり、その際に手下のホブゴブリンやゴブリンキングなどが邪魔をしようと襲ってきたら、俺たちは完全に無防備になってしまう。

アーロンはEの領域のステータスをもっているため、格下なら攻撃を受け付けない。だが、以前に戦ったナイトウォーカーの件もある。

相手は未知の魔物……俺たちも知らない攻撃が、Eの領域にダメージを与えられるのはEの領域だけ、という概念を覆《くつがえ》してくる可能性は捨てきれない。

ようは、現状を過信していると、簡単に足を掬われかねないということだ。

古代の魔物ゴブリン・シャーマンは、ただのゴブリンとは違って、人間のように物事を考え、敵である俺たちをはめようとしてきた。

この戦いは魔物と戦っているというよりは、対人間と思った方が不思議としっくりくるのだ。アーロンも俺と同じ見解だった。

「ミリアは、その間の守りを頼むぞ」

「はい、お任せください。この魔剣フランベルジュで邪魔をする悪い子は、燃やします！

フェイトさんも、ロキシー様のお体のために守ってあげます」

「ありがとう」

「どういたしましてです」

ミリアは魔剣を構えて、周囲を見渡す。俺とアーロンは背中合わせになって意識を集中させる。

探索領域の担当は、俺が南側、アーロンが北側だ。

昨日、ブラッディターミガンを放った方角が南だった。

たしか、ここから五百メートルほど離れた位置に、ゴブリン・シャーマンがいたのだ。

おそらく、入れ替えの術を発動させる距離の限界がそうなのだろうと推測している。そして、術をかけた相手への効果を継続させる距離は、もっと広いのだろう。

術をかけ続けるために発動と同じ距離が必要なら、ゴブリン・シャーマンは王都の中にいたことになってしまうからだ。

つまり、願わくはホブゴブの森から出ていないことを願うばかりだ。昨日右腕を失って、傷がまだ癒えていないだろうから、それほど遠くへは行っていないはずだ。

俺は目の届く周囲から、魔力の流れを探り始めた。

……嘘だろ!?

アーロンもすぐにわかっていたようで、聖剣を引き抜いて構えようとするが、

「待ってください！　皆さんはこのまま続けてください。相手は私がします！」

「しかし」

「私を信じてください。これでも王都軍では強い方なんですから」

ミリアが魔剣を向ける先から、ゴブリンキングが三匹現れる。おいおい、まだいるのかよ。

ゴブリンキングって珍しい魔物で、通常そんなにはいないはずだ。

さらにはホブゴブリン・アーチャーの気配まで感じられる。三十匹ほどか……一斉に矢を放たれたら、面倒だぞ。

そう思ったときには、矢が一斉に俺たちに向けて放たれていた。３６０度からの攻撃である。

これはさすがに、一人では守りきれないだろう。

「ミリア！」

「私だって、これくらいはっ‼」

いつものとぼけた感じとは違って、力強い声を上げた彼女は魔剣を勢いよく地面に突き立てた。

その瞬間、ミリアの魔力の飛躍的な上昇を肌で感じる。

事実、俺たちを円状に取り囲むように、炎の柱が空に向けて立ち上った。炎の壁は分厚く、俺たちに向けて飛んできていた矢を、いとも簡単に燃やし尽くしてしまう。

ホブゴブリン・アーチャーが追加の矢を放ち続けるが、俺たちに届くことはなかった。

「すごいじゃないか、ミリア」

「私の奥の手です。ですが、それほど長くは持ちません。手早く、索敵《さくてき》をお願いします」

「ああ」

アーチャーの攻撃がまったく通用しなかったため、三匹のゴブリンキングがいきりたって、ネイチャーウェポンである大きな棍棒を振り回してきた。

しかし、大木から削り出したそれは、炎に弱くて燃え上がってしまう。そんなこともわからずに攻撃してくるということは、普通の魔物と言えるだろう。

十分ほど経過した頃だ。

ゴブリンたちの猛攻を一身に引き受けていたミリアも、額から汗を一筋流して呼吸が荒くなり始めていた。魔力切れが近いのかもしれない。

「まだ、ですか？」

「ふむ、儂が探っている方角は、ゴブリンの群れすらもなく……まるで反応がないな。これ以上、北側に進めても意味がなさそうだ。フェイトはどうだ？」

「南はゴブリンの気配がたくさんあります。おそらく、ゴブリン草原の奴らまでそこに集まっているからでしょう。そのおかげで、索敵が正確にしにくい感じです。四キロ先まで終わっています。こっちの方が可能性が高そうですね。アーロンも加わっていただけますか？」

「わかった、そうしよう。だが、ミリアもきつそうじゃ。儂はゴブリンたちの相手をしたほうが良いかもしれんな」

アーロンがそう言って、ちらりとミリアの様子をうかがった。当の彼女は、首を横に振りながら言う。

「まだいけます。このくらいで皆さんの足を引っ張りたくはないです。ここだけは、やり遂げさせてください」

「その負けず嫌い、嫌いではないぞ。なら、ここはミリアに任せよう。フェイトよ、さっさと索敵を終わらせるぞ」

「はい」

残りの範囲をアーロンと協力して、索敵していく。すると、ゴブリンやホブゴブリンたちとは違った魔力を感じた。

それは微弱だが昨日、俺が探知したものと同じだった。

「見つかりました。場所はここから五キロ先です。ホブゴブの森の終わり付近です。もしかしたら、この森から逃げ出すつもりかも」

「ふむ、急いだ方が良さそうだな。その前に……ミリア、もうよいぞ」

炎の壁が解かれると同時に、アーロンと俺は二手に分かれて、斬りかかった。まずは前衛のゴブリンキングたちの首が飛ぶ。

そのまま木々の後ろに隠れている、ホブゴブリン・アーチャーを一掃していく。聖剣技のアーツである《グランドクロス》を使うまでもない。

魔物の死体が地面に横たわり、静かになった頃、体に温かい何かが流れ込んでくる感覚に襲われた。その後、不思議と力が前よりも湧いてくるのだ。

それが何かをアーロンに聞いてみると、腹を抱えて笑われてしまう。

「何を言っておる。それはレベルアップしたということだ」

「レベルアップ⁉　これが噂のレベルアップなんですね‼　すごい満ち溢れるような感覚ですね。気持ちいいです！」

「そういえば、フェイトは暴食スキルの影響で、経験値《スフィア》を得ることができずにレベルアップできないのだったな。今はロキシーの体ゆえ、それが可能になったわけか」

もう一度言おう！　レベルアップはすごい。

癖になりそうなこの気持ちよさは……他の武人たちはみんな、こんな感覚だったのか……羨ましい。

だって、俺の場合は暴食スキルの飢えに怯《おび》えながら、ステータスが強くなっていくのだ。一度に強くなりすぎれば暴食スキルが歓喜してしまい、それ相応の苦痛を伴う。それに比べて、レベルアップはこの幸福感だ。

唖然としているとアーロンが言う。

「レベルアップは、神であるラプラス様の祝福と言われている。言葉通り、幸福感が得られるというわけだ。連続レベルアップはもっとすごいぞ」

「本当ですかっ⁉」

「こらこら、食いつきすぎだ。そのような……はしたない姿はロキシーはしないぞ」

「すみません……」

ロキシーの姿であることをすっかり忘れてしまうほど、レベルアップの感覚はすごかった。もう一度したいな……と思っていると、

「フェイトよ、それよりも、ミリアを診てやりなさい。先程無理をしたのだろう」

「はい」

彼女は地面にへたり込んだまま、呼吸を荒くしていた。そんな彼女の頭を撫でながら、俺は言う。

「よく頑張ったな」

「へへへ……私もやるときにはやるんです」

「なら、この先も付いてこられるだろ」

「もちろんですよ」

俺が手を差し伸べる。その手を握ってミリアが立ち上がって、笑顔を見せてくれた。

こんなに可愛く笑えるんだと、虚をつかれてしまうほどだった。

第11話　魔物の隠れ家

南へ進めば進むほどに木々は大きく成長し、枝葉を競うように伸ばして、天の恵みを求めんとするばかりだ。

まだ昼間だというのに、日が差さない地面はまるで夜のようだった。

俺とアーロンは《暗視》スキルを発動させて、ミリアは魔剣の炎を頼りに走りながら、ゴブリン・シャーマンの魔力を追っていた。

「私、こんな奥まで来たのは初めてです」

「ああ、俺もだよ。ここは王都からの森の入り口よりも木が成長している」

太い木の根が、地面から蛇のようにうねって顔を出している。それに足元を取られないように、絶えず気を配っていかなければいけない。

走る速度もかなり速いこともあって、ちょっとでも引っかかれば、大転倒は免れないだろう。

アーロンは手慣れたもので、ひょいひょいと地面から飛び出した根を飛び越えていく。

俺も、真似をしようとしたら少しだけつま先を引っ掛けてしまい、危ないところだった。

「フェイトよ。ロキシーの体なのだから、大事にするのだ」

「そうですよ!!　もしロキシー様の大事なお体に傷がつこうものなら、許しませんからね」

「気をつけます……」

もっとロキシーの体に慣れようと頑張っているだけなのだが、裏目に出てしまったようだ。ここはアーロンに守ってもらう方が得策なのだろうか……。

先頭を買って出てくれている彼に、俺は今いるところについて聞いてみた。

すると、アーロンはそれほど詳しいわけではないと前置きしながらも、話してくれた。

「ここは、ホブゴブの森の中でも一番古い森に当たる。なんでも、軍事区の研究者が言うには、四千年も前からあるらしい。見ろ、あの巨木を。少なくとも幹回りが三メートルはあるだろう」

「ええ、建築資材に使えば、家が何軒も建てられそうですね」

「ハハハッ、そんなことをしたら、王都から厳しい処罰が与えられてしまうぞ。建国当時は、ホブゴブリンがまだ住み着いておらず、ホブゴブの森と呼ばれていなかった。神聖な場所として崇められていたらしい。亡くなった者たちをここに埋葬していたそうだ。時が流れていくうちにその風習は廃《すた》れてしまい、今ではホブゴブリンたちの根城となってしまったが」

「王都に住まう人々の、祖先が眠る場所だったんですか……」

「今は昔の話だ。気にすることはない。だが、皆が忘れてしまったとしても建国に携わった祖先たちが眠るこの場所を、王都が大事にしておることだけは、忘れないでほしい」

「はい、肝に銘じておきます。ミリアもな！」

「わかっていますよ。下手に暴れて、成仏できなかったゾンビさんが、怒って地面から現れても怖いですし」

ミリアは身をブルブルと震わせながら走る。もしかして、彼女はアンデッド系が苦手なのだろうか。

「ミリアって、ゾンビがダメなのか？」

「そうですよ。だって……このフランベルジュで斬って焼けるとき、すごく臭いんです。あの臭いは服に染み付くし……お風呂に入ってもなかなか取れないし……思い出しただけで、うえって感じです。その点、スケルトンはいいですよね。骨ですから、よく燃えるし、臭くないし。私は断然、スケルトン派です！」

「そっか……」

俺の思惑とは、全然外れていた。女の子っぽく、見た目がダメでキャーキャー言って怖がる……なんて思っていた。

さすがはミリアだ。俺の予想の斜め上を越えていくぜ。

「なら、この先にゾンビがいたら、俺が戦ってやるよ」

「ダメです。ロキシー様のお体が穢《けが》れてしまいます。そうなった場合は……」

ミリアが戦ってくれるのかな……と甘い考えをしていたら、

「アーロン様にお願いします！」

「儂か⁉」

まさか、自分に火の粉が飛んでくるとは思っていなかったようで、アーロンは目を丸くしていた。

剣聖を顎で使う子！　ミリアは将来、とんでもない女性になりそうだ。

いきなり言われた彼も、すぐに微笑んで頷いた。

なんだかんだ言って、アーロンはミリアを孫娘のように思っているのかもしれない。

マインの時だって、とても可愛がっていたし。養子にしたメミルだってそうだ。メイドのサハラについては、この子も儂の養子として迎えようか、なんて言っていたくらいだ。

ハウゼンでの【死の先駆者】リッチ・ロードとの戦いで、過去のしがらみ――助けられなかった家族への気持ちの整理ができたために、今まで溜め込んできたものが、ここにきて一気に解き放たれた感はある。

一緒に酒を飲んだときに言っていたものだ。「死ぬ前に、大家族がほしい！」と。

あの時は酔った勢いで冗談を言っていると思っていたけど、最近になって本気なのではないかと思い始めている。

ミリアは孤児なので、隙あらばアーロンは家族に引き入れるかもしれない。俺とミリアが兄妹だと⁉　メミルとも距離感がつかめずに手を焼いているのに……。

俺の心配を余所《よそ》に、彼は頼られて満更でもない顔をして答える。

「よかろう。もしゾンビが出た際には、儂のアーツであるグランドクロスを行使して、浄化してやろう」

「頼りになります！　どこかの誰かさんとは大違いです……チラリッと」

「あからさまに、俺を見るのはやめてくれっ」

そしたら、舌をちょっとだけ出して、からかうような仕草をした。

ミリアはくすりと笑いながら言ってくる。

「冗談ですよ。フェイトさんって、すぐに真に受けちゃうんですから。ロキシー様もよく言っていましたよ。『フェイはすぐに騙されちゃうから、ついついからかってしまう』って」

「ハハハッ、たしかにそうだな。フェイトは女性慣れをまったくしていないからな。ミリアからも勉強させてやってくれ」

「えええっ……どうしようかな〜。でも、フェイトさんがどうしてもと言えば、考えてあげなくもないですよ」

くううぅ〜!!　ミリアに上から目線で物を言われる日がくるとは……。

こうなったら、アーロンみたいに女性の扱いに長けた紳士になってやるからな！　いつの日にかっ！

そんな俺を見透かすようにミリアが言うのだ。

「ロキシー様と手を繋いでいるだけでドキドキしているフェイトさんには、当面無理でしょうね」

「なっ、なんだと!?　なぜ……それを」

「私はよく見ていますから。どうですか、私と手を繋いで練習しておきますか？」

「ぐぬぬぬ……さっきの頭撫で撫での報復だな」

すると、ミリアはニヤリと笑ってみせた。なんたる清々しいほどのドヤ顔だ。

「わかってしまいましたか。この私が頭を撫でられたくらいで、簡単になびくとは思わないでくださいよ。私はそんなにチョロくはないのです！」

「ふ～ん、本当かな～」

「なんですか、その疑いの表情は！　しかもロキシー様の顔でそれはやめてください」

「どうかなぁ～」

「もうっ、フェイトさん！」

高速で移動しながらも、やいやいと言い合っていたら、目的地付近に近づいてきたようで、アーロンが手で制止するように告げる。

そして、小声で俺たちに注意をした。

「お楽しみのところすまないが、ここから先は慎《つつし》むようにな」

「「……すみません」」

またただ……なんでミリアと一緒にいると、こうも乱されてしまうのだろうか。彼女も同じような気持ちだったようで、俺を見ながら不服そうな顔をしていた。

これからゴブリン・シャーマンとの戦いだというのに、緊迫感がいまいちだ。ロキシー風に言っておくかな。

「ミリア、準備はいいですね。ここからは何が起こるかわかりませんよ」

「なんで⁉　急にロキシー様風に……でもやる気がどんどん出てきました」

効果覿面《てきめん》だったみたいで、ミリアは魔剣を握りしめて、あたりを警戒しながら頷いた。

俺とアーロンは再度、ゴブリン・シャーマンの魔力を索敵していく。

やつは、ゆっくりと南へと移動しているようだった。

やはり手負いの状態では急ぐことはできないようだ。

「その他にも、魔物の魔力を感じます。おそらくは、ホブゴブリンかと」

「うむ、ゴブリンキングはいないようだな。先程の奇襲で打ち止めだったようだ」

「いいな……その索敵って私も使えるようになりたいです」

「これが終わったら、教えてやるよ」

「本当ですか！　よしっ、絶対ですよ」

「なら、この戦いを早く終わらせないとな」

「はい」

今まで通り、先頭はアーロン。彼をサポートするために、俺とミリアが斜め後ろにつく。

正三角形をした陣形だ。

アーロンがゴブリン・シャーマンまで一直線に詰め寄る。その間、他の魔物が彼を止めようと横から攻撃をしてきた瞬間、俺が右側、ミリアが左側を防ぐ。

まだ標的は見えないが、目視できる距離まで近づけば、数は向こうの方が多いため、気配を察知されてしまうかもしれない。

少数で多数を相手にする場合、早期決着には大将首だけを狙って一気に討ち取る方が理想的だ。

率いていた魔物がいなくなれば、統制が取れなくなって群れはまたたく間に瓦解するだろう。

アーロンが俺たちの目を見ながら、鋭い目で言う。

「準備はよいか」

「「はい」」

「では、参ろう」

かがんでいた体勢から立ち上がると、電光石火で地面を駆け抜けていく。未だに木の根がうねって足場が悪いにもかかわらずだ。

ここまで来たのだから、もう慣れただろうと言わんばかりに、さらに速度を上げていく。

俺は聖騎士であるロキシーの体だから、問題なく付いていける。だが、そうでないミリアはどうだろうか。

横目で見ると、必死な顔をしてなんとか付いてきていた。

先程、炎の壁を作り出し、かなり魔力を消費しているにもかかわらず、タフな子だ。

そんな彼女に、「大丈夫か？」なんて上から目線のような発言は無粋だ。

俺たちの派手な特攻に、巨木に身を隠していたホブゴブリンたちが慌てながらも襲ってきた。予想通り、数はざっと百匹は超えている。

全部を相手する暇などない。飛んでくる矢や槍を俺とミリアで斬り落としていく。

「むっ、邪魔だな。フェイトよ、いけるか？」

「もちろんです」

目の前に肉の壁なのではと思えるほどのホブゴブリンの大群。あとがないのか……追い詰められた苦肉の策かはわからないけど、ここが最終防衛線と言わんばかりだった。

俺は魔力を高めて聖剣に流し込んでいく。聖騎士の伝家の宝刀――アーツ《グランドクロス》だ。

高出力の聖なる光を広範囲に展開できる強力な攻撃である。

ロキシーの体で行使するのは初めてだったが、うまく魔力のコントロールができているみたいだ。

俺の魂と彼女の体の相性が案外いいのかもしれない。一日足らずでここまでのことができているんだし、他の人の体でもこんなにできるものなのだろうか。

魔力を溜めれば溜めるほど、威力が増していく《グランドクロス》を、聖剣を振って発動させる。

犇《ひし》めくホブゴブリンたちの足元が聖なる光を発し始める。

奴らが異変を感じた頃には、すべてを浄化する光が立ち昇った。

ロキシーの聖剣技スキルの熟練度は並ではない。日頃の弛《たゆ》まぬ努力によって裏打ちされた高速発動だ。

視界を塞ぐほどいた魔物たちが、きれいに一掃される。

そして、倒したことによって得られる大量の経験値《スフィア》が流れ込んでくる。これもレベルアップほどではないけど、高揚感が体の隅々にまで満たされていく。

本来の魔物狩りって、こんなにも気持ちいいのか……武人や聖騎士に好戦的な者や戦闘脳が多い理由の一端は、これが原因なのではないかと思ってしまう。

行く先の道が開けたことで、アーロンはホブゴブリンの死体を飛び越えて、先に進む。

俺にもわかる。あの巨木の根本――大きく開いた穴の中にゴブリン・シャーマンがいる。

あの中へ不用意に飛び込むのは、罠を仕掛けられている可能性があるので危険だ。そんなことは言うまでもなく、アーロンはわかっていた。

そう……今までアーロンはただ先頭を走っていたわけではない。聖剣技のアーツ《グランドクロス》をチャージし続けていたのだ。

しかも、今の彼のステータスはＥの領域。

俺が先程放ったものとは比べ物にならないくらいの威力だろう。

神聖な場所に聳《そび》え立つ巨木を吹き飛ばすには後ろめたさがある。

しかし、これ以上放置すれば、今を生きる王都民たちの生活に影響が出てしまう。ならば、どちらを選ぶかなど、アーロンをよく知る俺には考えるまでもなく、わかりきったことだった。

彼は声を上げながら、ゴブリン・シャーマンが潜む場所に向けて聖剣技のアーツを放つ。

「グランドクロス‼」

本来の広範囲攻撃を故意に絞り込んで飛躍的に威力を上げた浄化の光。それが巨木を中心に、天を割るほどの柱となった。

第12話　魂を弄ぶ者

眩い光が収まったときには、巨木が根っこを含めて消滅していた。つまりは大穴が開いていたのだ。

アーロンも久しぶりの実戦だったためか、思ったより力がこもってしまったようだ。

「少しやりすぎてしまったか」

「いいえ、このくらいがちょうどいいと思います」

俺だって、昨日は第一位階の奥義《ブラッディターミガン》を放って、ゴブリン・シャーマンを消し飛ばそうとして木々を五百メートルに渡ってなぎ倒した。

それに比べたら、アーロンは巨木をピンポイントで一本だけ。見るからに、戦闘技術における実力差がわかってしまうものだった。

もちろん、俺の戦い方が雑ということは揺らぎようもない事実である。土壇場で、位階奥義に頼ってしまう悪い癖を直さないといけないな。

あれは、ステータスの消費が激しいから、必殺技として扱うべきだ。グリードなら、どんどん使っていけと言うだろうが……。

口うるさい相棒を思い出しながら、手にしている聖剣を握りしめる。

「効果的な先制攻撃になりました」

「ハッハッ、そのようだな。ミリアよ、後ろのホブゴブリンたちは任せてよいか？」

「はい、これくらい私にだってできます！」

「良い返事だ」

アーロンに褒められて嬉しそうな彼女は、俺たちを取り囲んで襲おうとしている魔物たちを見回す。

その後ミリアは俺に顔を向けて、言葉をかけることなく頷いてみせた。

私はやれるということだろう。それは見紛うことなく武人の顔だった。

そんな目で見られたら、俺も頷くことしかできない。

「先を急ぐぞ。フェイト」

「……わかりました」

ゴブリン・シャーマンの魔力は弱まっているが、まだ生きている。それは、俺の今の状態が続いていることからもわかりきったことだった。

後ろで戦いの始まる音を聞きながら、俺とアーロンは大穴の中へ飛び込んだ。

暗闇の中の落下が続いて、次第に地面が見えてきた。

そこはうっすらと赤く発光していた。着地をすると同時に奇襲を警戒していたが、それはまったくなかった。

「ここは一体……」

「見たところ、何かの遺跡のようだな。足元の床が、定期的に発光しておる」

「なんとなくですが、軍事区にあるガリアの技術に似ていますね」

「ふむ、たしかに」

まさか、ホブゴブの森の地下にこのような場所が眠っているとは、思ってもみなかった。

昔の王都をよく知っているアーロンですら、わからないというのだ。床からの僅かな光では、全体像までは見当がつかない。しかし、これは相当な広さを感じる。

まるで、ガリアの緑の大渓谷の下にあった大空洞のようなものを連想してしまう。あの時は、古代に絶滅した魔物たちの化石が眠っていた場所だった。やはりここは……。アーロンは俺が口にする前に答えを言ってくる。

「ガリアの遺跡がなぜ、このような場所に⁉」

「エリスなら知っているかもしれませんが……今は王都にいませんから」

「進むしかないわけか」

「はい」

床を念入りに見ていくと、血痕が落ちていた。それは乾いておらず、新しいものだった。

アーロンも膝を曲げて確認していた。

「これは先程、負った怪我だろう。見ろ、遺跡の入り口へ向かっている」

彼の言うとおり、血が指差す方へ、ポタポタと続いていた。

右手を失った時にかなりの失血をしたはずだが、それに加えてこの血の量だ。

歩くのがやっとかもしれない。足を引きずった痕跡まで見られた。

「かなり消耗しているようだな。手負いの魔物ほど厄介なものはないぞ、フェイト」

「ええ、魂を操るほどの術を使いこなす魔物ですし。ほかにも何かできることがあるのかもしれないですよね」

「そのとおりだ」

俺たちはあたりを警戒しつつ、遺跡へと近づいていく。

遺跡は床と同じように、壁が赤く発光しており、なんだか気味が悪くて訪れるものを拒絶しているような気がした。ホブゴブリンの気配は一切感じられない。ただただ、静かなのだ。

時折聞こえてくるのは、天井の岩盤から染み出した水滴が、床に落ちる音のみだった。

遺跡は光を放ってまだ生きているのに、ここに生き物の営みというものは失われている。

俺たちはそんな場所に踏み込んだ。

「何もいないか……フェイトは気配を感じるか？」

「いえ、感じるのは一匹だけです」

ゴブリン・シャーマンのことだ。

その魔力は次第に弱りつつある。このまま、放っておいても、死んでしまうかもしれない。

「深手の状態で、何かを求めるように奥に進んでいるようだ。気になるな」

「何か自分の傷を治す手立てがあるのかもしれませんね」

ガリアの遺跡だ。俺たちの知らない技術が眠っていてもおかしくはない。しかし、アーロンは首を振りながら言うのだ。

「それはどうかな。この世界には回復魔法が存在しない。お主が扱う第四位階の奥義《トワイライトヒーリング》や、特定の魔物が自己を治す自動回復スキルを除いては……。なぜか、わかるか？」

「たしか……神が、人間にその力《スキル》を与えなかったと聞いています」

アーロンは、俺の模範解答に頷きながら、更に聞いてくる。

「うむ、では神はなぜ人間に与えなかったのだ？」

「それは……」

わからなかった。彼は俺の無言を返事として受け取ったようだ。

そして進んでいく通路に、罠がないかを確認しながらも話を続ける。

「今生きる者は、誰も知らない。これが正しいとは思わないが、儂の見解ではな……」

そう前置きしながら、アーロンは持論を語ってくれた。

物理攻撃スキル、魔法攻撃スキル、またそれらの威力を強化する補助スキルが千差万別に存在している。

攻撃は最大の防御だと言っても、ダメージを受けてしまえば、戦えなくなってしまう。

対個人での戦いなら、その場で決着が付いて終わるだろう。だが、国同士の戦争となった場合はどうか？

もし、回復魔法が存在すれば、傷を負った兵士は簡単に元気になってしまい、戦地に戻れてしまう。乱暴に言えば、死なない限り戦い続けられる兵士の誕生だ。

終わりなき酷い戦争になってしまう可能性がある。

「もしかしたら、ガリアが繁栄した時代は、回復魔法が存在したかもしれないと儂は思っておる」

「まさか……」

「お主が扱う《トワイライトヒーリング》はどうだ？　それは大昔の武器であるグリードがもたらした御技《みわざ》だというではないか。あの黒剣はガリアに深く関係があるとかないとか……」

「そうだとは言い切れませんが……グリードは自分のことを多く語る奴ではないし」

「どちらにせよ、エリス様が戻られたら一度、ガリアについて訊いてみる機会をもうけていただかないとな。何も知らない儂らは常に後手に回ってしまう」

回復魔法が扱えた時代があった可能性か……。それが本当で今も続いていたら、俺の両親も死ぬことはなかっただろう。

ロキシーの父親であるメイソン様だって、ガリアの地で亡くなることもなかったのかもしれない。

たらればな話だけど、両親が今も生きていたら俺は一体……どういう人生を歩んでいたんだろうか。

それでも暴食スキルの真の力に目覚めてしまったのか。または、のんびりと畑を耕す農民でもしていたのか。少なくとも、俺はロキシーに出会うことはなかった……そんな気がした。

アーロンは少しだけ湿った通路で足を止めた。

かなり長い時間、放置されていたこともあり、床から水が染み出していたのだ。

その周りには遺跡が放つ赤い光を糧として、奇っ怪な苔《こけ》が生えていた。

どこかで見たことがあると思えば、ガリアに自生する人食い苔だった。

「アーロン、あの苔には気をつけてください。胞子を吸いすぎると、体内に苔が芽吹いてしまいます」

「やはり……そうか。儂も見たことがあるなと思っておったところだ」

俺は炎弾魔法で焼き払おうと思ったけど、今はロキシーの体であることに気がつき手を止める。

そんな失態に、アーロンは微笑みながら言う。

「ここは息を止めて、素早く通り抜けるか」

「はい」

一気に駆け抜ける俺たちの前に巨大な扉が姿を現した。金属製の分厚そうな扉で、固く閉まっており、体当たりしたくらいではびくともしなさそうだった。

咄嗟にアーロンが聖剣を鞘から引き抜く。

そして、グランドクロスを放つ要領で、聖剣に魔力を込め始めた。

これは聖剣にアーツの力を留めておき、威力を飛躍的に上昇させる技術だ。

「あの邪魔な扉を斬り開く。フェイトは中へ入ったときの警戒を」

俺が聖剣を構えると同時に、アーロンは分厚い扉をまるでバターでも切るかのように容易く開けてみせたのだ。

そのまま飛び込むように中へ入った俺たちは……唖然としてしまった。

「なんで……なんで……こんなものがここにも」

「これは酷い」

ラーファルの研究施設で見たものと同じだ。

赤い溶液で満たされた円柱状のガラスが何本も並べられていた。その中には裸にされた人間が一人ずつ入っており、溶液の中で漂っている。

少なくとも二十人くらいはいるぞ。近づいて、彼らの生死を確認するが……。

「死んでいる」

「だが、まるで生きているようだな」

この赤い溶液が、ラーファルが使っていた物と成分が同じなら、生き物を腐らせずに保存し続けることができる。これはあの事件の後、ライネによって解明された情報だった。

辺りを見回していると、アーロンがあることに気がついた。

「この者たちの顔を見てみろ。最近になって行方不明になった者たちばかりだ。儂に回ってきた書類に描かれておった似顔絵とそっくりだ」

商人の都市から王都への道中、ホブゴブの森を横切らないといけないため、昔から商人がゴブリンに襲われることはよくある話だ。

しかし、今問題にしているのは、そこで行方知れずになった者たちがこうやって保存されていることだった。一体、何をするために……人をこれほど集めたんだ。

「まさか……食料庫代わりなんてことはないですよね」

「それなら、ここへ来るまでか、この部屋の中に食事の跡があるはずだ。しかし、お主も見てきたように、きれいなものだった」

魔物は人を好んで食べる。これも、なぜそうなのかの理由を俺は知らない。

アーロンもそのことは知らないようだった。

「魔物は人間に仇《あだ》なす敵ということを、儂は子供の頃から教育されてきた。他の聖騎士とて同様だろう。言われてみれば、そうだな。例えば、魔物の前に人間と家畜を置けば、必ず人間の方を襲う。儂はてっきり人間の方がうまいからと思っておったが……ならば、この状況は矛盾しておるな」

「はい、手に入れた人間をこのようにしておくなんて、おかしいです。ゴブリンならその場で食らうはずですし」

腹を空かせた魔物は、人を見つけると飢えた獣のように襲いかかり、生きたまま食らうなんてよくある話だ。

たしかに、ゴブリン・シャーマンは普通のゴブリンとは違って、人間のように策を講じて俺とロキシーをはめようとしてきた。

だからと言っても、それは戦い方だ。このガラスの大きな入れ物に人を入れて保存するなんて、ただここを根城としているだけでは説明できない。

まるでこの遺跡のことを、熟知しているみたいじゃないか。

得体の知れない魔物に、嫌な感覚が体を襲う。

そしてこの苦悶に満ちた顔で亡くなっている人々を見ていると、突然部屋の照明が一斉についた。

《暗視》スキルを使っていたこともあり、目も眩《くら》む光だった。

そして、部屋の奥からしわがれ声が聞こえてきた。

「ニンゲン……ジャマ……スルナ」

俺とアーロンは声がした方に目を凝らす。

「これは……」

「信じられん」

人の言葉を発していたのは、右腕を失い、更には左目の一つが潰れたゴブリン・シャーマンだった。

ライネの言っていたとおり、灰色の体で、ホブゴブリンよりも小さな体格だ。

近接戦闘を得意としていないためか、筋肉はホブゴブリンの方があるように見える。しかし代わりに手足が長く、俊敏な動きができそうだ。

俺が放ったグリードの第一位階の奥義《ブラッディターミガン》を躱してみせたのだから、間違いないだろう。

そいつは残った左手で、錫杖を握りしめて術式を展開しているようだった。

錫杖の先にある髑髏《どくろ》の目が赤く点灯しており、異質な魔力をひしひしと感じるからだ。

おそらく、俺とロキシーを入れ替え続けるための術を継続しているのだろう。

魔物が人間の言葉を喋ったことに驚きつつも、いつでも戦えるように聖剣を構える。

詰め寄る俺たちに、魔物は憎悪に溢れた顔を向けて威嚇する。

それはまるで人間を思わせるものだった。

第13話　不実の果実

ゴブリン・シャーマンは疲弊しつつある体から、力を絞り出すように錫杖を振り上げながら言う。

「カノチ……ヘノ…トビラ。ワレニ……チカラヲ」

斬り込んで、一気に決着を付けようとしたが、その言葉と同時に周りに並んでいたガラスの容器が次々と割れ始めた。

「どうなっているんだ……」

「死んでいたはずなのに、これは……」

赤い溶液と共に、死んでいたはずの人たちが地面に倒れ込み、そしてもがき苦しみ出したのだ。ありえない、間違いなく死んでいた。

ナイトウォーカーかとも思ったけど、目は血のように赤くはない。近づいて、口元を確認するが、犬歯の異常発達はなかった。

彼らはただ、苦しみ続けていた。

その声は獣……いや、魔物を連想させるような禍々しさがあった。

そして、すぐに彼らに異変が起こる。

アーロンが慌てて、俺から苦しんでいる人を引き剥がす。

「フェイト、離れろ！　彼らの気配はもう人ではない」

「嘘だろ……」

もがき苦しむ人たちの姿が変わっていく。これは……見たことがあるぞ。

崩壊現象だ。

今でも鮮明に記憶に残っている。ブレリック家のハドやラーファルが見せた姿——人ならざる者。

グリードは言っていた。Eの領域に達しながら、人としての心を失った者の成れの果て。

知性はなく、暴れまわるだけしかできない生き物。

単調な攻撃しかできないかもしれないが、ステータスはEの領域だ。

ロキシーの体である俺では、太刀打ちできない。

頼れるのはアーロンのみ。しかし、それが二十四以上もいては分が悪すぎる。

「アーロン、彼らのステータスは？」

鑑定スキルを持っている彼に、生まれたばかりでこちらを認識していないうちに、確認してもらう。

Ｅの領域のどの位置にいるのか、それだけは知っておきたい。

「うむ、あの魔物はオーガと呼ばれる魔物みたいだな。ステータスはＥの領域の入り口程度だ。奥のゴブリン・シャーマンはＥの領域には達しておらん。儂がオーガたちを引きつけている間に、仕留めるのだ」

「はい」

オーガたちの図体は大きくアーロンの二倍くらいはあった。屈強な体で、筋肉が異常に発達している。あの大きな手で掴まれたら、この体はいとも簡単に握り潰されてしまうだろう。

この状況……何一つわからないことばかりだ。

だけど、倒すべき敵はわかっている。

目覚めたばかりで、俺たちに意識がいっていない内に、オーガたちの群れを駆け抜けようとする。しかし、事はそううまく運ばないことは常だ。

ゴブリン・シャーマンが叫ぶと、オーガたちはまるで軍隊のように規則正しく動き出した。どうやら、なんらかの術を行使しているようだった。

一匹のオーガが俺に飛び込んでくると、その大きな手で押し潰そうとしてくる。

「フェイトっ！」

すかさず、アーロンが俺を後ろへ引き寄せ、攻撃から逃がしてくれる。

「うおおおぉぉっ」

それだけでは終わらない。彼は踏み込んで、聖剣でオーガを頭から一刀両断してみせる。

「力は強いが、攻撃は単調だ。これなら、まだ頭を使うオークの方がマシだな」

操っていると思われるゴブリン・シャーマンも、それが二十四以上になってしまうと手に余っているようだ。

アーロンが指摘したとおり、一匹一匹の動きは規則的で読みやすい。

「分不相応な術だな。儂が斬り開こうぞ」

いくらオーガがEの領域にいるといっても、入り口だ。ラーファルとの戦いから更に強くなってしまったアーロンの敵ではない。

初めは余裕に満ちた顔をしていたゴブリン・シャーマンだったが、彼の力量を見誤っていたようだ。歪《いびつ》に黄ばんだ歯を見せながら、苛立っていた。

「ナゼ……マタ…ジャマ……スル……ケンキュウ……セイカ」

アーロンが三匹目のオーガを斬り捨てたところで、手が止まる。苦虫を噛み潰したような顔で、彼は自分の聖剣を見ていた。

優勢だったはずなのに、後ろへ後ろへ追いやられていく。理由は聖剣の状態の悪化だった。

「くっ、聖剣が腐食していく」

オリハルコンという、ガリアで採掘される希少な鉱石を使用している剣。とても強靭でスライム系の強酸を浴びても、劣化することはないと聞く。

しかもアーロンは聖剣技のアーツ《グランドクロス》の発動を留めて、剣の強度を更に上げていた。にもかかわらず、溶けかけているのだ。

オーガの体液になんらかの仕掛けがあるのかもしれない。ゴブリン・シャーマンが「研究成果」と言っていたことも気になる。

俺はすぐさまロキシーの聖剣をアーロンに渡そうとするが、首を振って断られてしまった。

「儂にもこだわりがある。お主のようにな。少々くたびれてしまったが、まだこの剣で戦える。なあ、フェイトよ。ここは手狭だと思わんか？」

「まさか……アーロン!?」

「そのまさかだ。この部屋は後で調べるために残しておきたかったが……死んでしまっては元も子もない。儂の後ろへ下がっておれ」

拒否権はなし。問答無用でアーロンは聖剣に留めていたアーツを、オーガの群れとその奥にいるゴブリン・シャーマンへ向けて解き放った。

ゴブリン・シャーマンは、彼が何をやろうとしているのか気がついて、オーガたちをぶつけてこようとする。

「遅いわ、グランドクロス！」

何十年にも渡ってアーツを使い続けて極めている、アーロンの方が明らかに早かった。

敵の足元が白く輝き、光の巨大な柱となって、天井を突き破る。

地下室なのにそんな大技を繰り出したものだから、予想するまでもなく瓦礫《がれき》が俺たちに向けて降り注ぐ。

「フェイト、ここは儂に任せろ。よっと」

「キャアアアッ」

いきなり左手で俺の腰を掴んで抱え込んだものだから、変な声が出てしまった。思わず、女の子みたいな声で叫んでしまったじゃないか……。

そんな俺のなんちゃって乙女心も知らずに、アーロンは器用に崩れ落ちてくる瓦礫の上に飛び登っていく。かっこいいぜ！　ハート家の上長さんことハルさんが、うっとりするのも納得だな。

俺にはそんなうっとりする暇もなく、地上に飛び出す。

「まだ、ゴブリン・シャーマンは倒せておらんようだな」

「みたいですね。というか……あの上にはミリアがいたと思うのですが……」

「問題ない。あの瞬間に彼女が頭上にいないことは把握済みだ。左下のあの左に傾いた大木を見てみろ」

よく見れば、大木の陰に隠れながら、上空にいる俺たちに向けてプンプンと抗議していた。

声は聞こえないけどたぶん、死ぬところでしたよ、殺す気ですか！　この戦闘狂たちが！　と言っているような気がする。戦闘狂なのはアーロンだけなのだが。

「元気に手を振っておるな」

「怒っているんですよ。突然、地面が吹き飛んだんですから」

「ハハハハッ！」

「笑い事じゃないです！」

俺は空中で、ゴブリン・シャーマンの気配を探る。……いた!!

足元にグランドクロスが展開されたときにオーガの一匹を盾に使ったようで、死んだ魔物と共に落下し始めていた。

「広くなった。つまり、動きやすくなったというわけだ。相手もそうだが、こちらもな。行けるか、フェイト！」

「ええ、今度こそ」

「儂の聖剣が折れてしまう前に決着を付けろ！」

アーロンは俺の手を取って、ゴブリン・シャーマンに目掛けて投げつける。そして、彼は生き残ったオーガの掃討にとりかかった。だが、あの聖剣の状態ではすべては無理だろう。

気配を探れば、まだ十四くらいは残っているからだ。

勢いそのままに、俺は聖剣を握りしめて、ゴブリン・シャーマンへ。

このまま貫いてやる。

落下中なら躱しようがないだろうと、楽観していたのが悪かったのだろう。俺の攻撃を予期していたゴブリン・シャーマンは同じことを考えていた。

錫杖の先は俺を指していた。そして、巨大な火球を作り出す。

炎弾魔法か⁉

グリードなら第二位階の魔鎌で無効化できるのに、この聖剣では……どうする、グランドクロスを放つべきか。

力をぶつけ合っては、その余波でせっかくの特攻ができなくなってしまう。

諦めかけたその時、ゴブリン・シャーマンへ向けて、《グランドクロス》が放たれたのだ。威力はかなりの物で、詠唱中だった炎弾魔法が中断される。

誰だ⁉　アーロンかと思ったら、女性の声が下から聞こえてきた。

「今です！　早くトドメを‼」

メイド服を着たメミルだった。彼女は聖剣を手にして、俺を見ていた。

バルバトス家に使用人としてやってきたとき、彼女は王国に聖騎士としての行動を制限されていた。それは振る舞いだけではなく、聖剣を持つこともだ。アーツを使うなどもってのほかだった。

知られるとただではすまない行為をしてまで助けてくれたのだ。俺は驚きつつも……驚いてしまったことを反省した。

彼女はもうブレリック家の人間ではない。バルバトス家の人間だ。だから、身内のピンチに駆けつけてくれただけなんだ。俺はメミルに頷き返す。

「いっけえええぇぇっ！」

メミルの不意打ち攻撃は功を奏した。ゴブリン・シャーマンのガードが甘くなっていた。

俺が握った聖剣はやつの心臓を容易く貫いた。

「ギャアアアアアアアアアアァァァァァァ」

生き物とは思えないほどの悲鳴を上げる。思わず、手で両耳を塞いでしまいたいくらいだ。

それと同時に、ゴブリン・シャーマンから赤い光が飛び出してきて、その輝きを失わせていった。

俺もその弱まる光と共に、意識が遠のいていくのを感じた。

*

目を開くと、そこは真っ白で何一つない世界だった。

地平線の彼方までというより、すべてが白で境界線などわかりもしない。

ここはよく知っている場所だ。ルナが俺のために作ってくれた暴食スキルからの影響を阻《はば》むための防波堤——精神世界だった。

この場所に来られたということは、俺とロキシーとの入れ替わりは終わったようだ。

「まだ、終わってないでしょ」

涼しげな声がして振り向けば、長い白髪の女性が立っている。

少しだけ無表情な顔付きに、マインを思わせるものがあった。

「ルナ！」

「まったく……入れ替わりなんてことをしてくれたものだから、大変だったのよ」

「ああ……ごめん」

暴食スキルの飢えによって、ロキシーが気を失ってしまったことを言っているのだろう。

あの時、暴食スキルの影響を緩和するために、メミルに協力してもらっていたけど、裏側では彼女も助けてくれていたようだ。

「私がいなければ、ロキシーの魂は暴食の餌食になっていたんだからね。これは大きな貸しが発生したよ」

「マインの時は借りを返すのに、大変な思いをしたんだけど……それって怖いな……」

「何を言っているの！　姉さんの貸しのおかげで、私が今あなたを守ることができているのよ。そんなことを言ったら、姉さんが悲しむわ。これは……もっと頑張ってもらわないとね」

ノリノリになってルナは俺を責め立ててくる。押しが強いのは、姉妹一緒だな……トホホ。

「じゃあ、どうやって借りを返せばいいんだよ」

「簡単よ……姉さんを、止めてほしい。姉さんは『彼《か》の地への扉』を聞こうとしている」

とても真っ直ぐな目をして、俺に言う。決して逸らしてはいけないと思わせるほどだ。

マインは彼《か》の地への扉を探していると言っていた。それが彼女にとって譲れないもの
——生きている意味だという。

「なあ、俺はまだ彼の地への扉のことについて、まったく知らないんだ。グリードも教えてくれないし」

「あいつはいつだってそうだよね。私は見ていることしかできないけど、すぐにわかるわ。もう始まろうとしている……ううん、もう始まってしまっているのかも……感じるの」

「良くないことなのか」

「ええ……誰も幸せにはなれない。絶対にね」

ルナが言うことが本当なら、マインはなぜそれをしようとしているんだ。う〜ん、わからない。

なら、会うしかない。

会って、何を望んでいるのかを直接、彼女の口から聞くしかない。

でも、今はホブゴブの森にいるオーガたちを倒さないと。戦えるのはアーロンだけ。そんな彼も十匹ほどのオーガを一人で相手にするのは厳しいだろう。

元に戻ったロキシーも心配だし。ミリアとメミルも大丈夫だろうか。考えていると、どんどん心配になってきたぞ。

急ごう!!

俺は精神世界から出て行く前に、ルナにお礼を言う。

「ありがとう。ロキシーを守ってくれて、感謝してもしきれないよ。マインのことはまた後で」

「ねぇ、ちょっと待って」

急ぐ俺にルナは手を掴んで申し訳なさそうな顔をした。どうしたのだろうか。彼女がそのような顔をするのは稀《まれ》だった。

「ロキシーはここに来てしまったことで、あなたの状態に気がついてしまったかもしれないわ」

「……そっか…………そうなのか」

俺から出てきたのは乾いた笑いだけだった。ルナは追い打ちをかけるように続けるのだ。

「彼女には、もう嘘をつかないって言ったくせにね。いつかできるといいわね。あなたも私も……」

何も答えることが、俺にはできなかった。今はこれ以上の話をしている時間もなかった。

もしかすると彼女には逃げ出すように見えるかもしれない。しかし何も言わずに、彼女の精神世界から出て行った。

第14話　消えない黒炎

目覚めた俺の側には、心配そうな顔をしたサハラとアイシャ様がいた。

だが、彼女たちを見ながら頷くと、安堵の表情に変わっていく。

「元に戻ったのね。よかった……」

「フェイト様！」

サハラが俺の名を呼びながら、飛びついてくる。よほど不安だったのだろう。

そのまま、顔を俺の胸に当てて泣いてしまうほどだ。

「もう大丈夫と言いたいところだけど、まだ戦いは続いている」

未だに泣いているサハラに構ってやりたいが、すぐに行かないと。

俺はベッドから起き上がる。そして、着ている服が何なのかに気がついて、彼女たちにお礼を言う。

「ちゃんと、装備を整えてくれていたんですね」

「そうよ。だって、聖騎士たるものいつでも戦えるようにしておかないと。私は聖騎士の妻でしたからね。王都の側で戦いがあり、それがフェイトに関わりがあるのなら、呑気に寝巻きを着せておくわけにはいきませんよ」

「ありがとうございます」

「あなたのことです。行くのでしょ?」

ニッコリと微笑みながら、俺に訊いてくるアイシャ様。なんというか、その顔を見ていると不思議なことに安心感が湧いてくる。

聖騎士の妻だった人だからこそ、なせるのだろうか。夫のメイソン様をそうやって見送り……しかし帰ってはこられなかった。

それでも、アイシャ様は変わらずに俺を信じて送り出してくれる。その気持ちは裏切れないな。

「もちろんです。ロキシーを連れて帰ってきます。必ず！」

「いい顔をするようになりましたね。もう立派な聖騎士です！　さあ、これを」

アイシャ様はベッドの横に立てかけてあった黒剣を俺に渡してくれる。握ったのは昨日のことなのに、久しぶりのようだった。

再度二人にお礼を言って、部屋の窓から外へ飛び降りる。行儀が悪いけど、今は緊急時だ。

「フェイト様、頑張ってください！」

「ロキシーのことを任せましたよ！」

俺を応援してくれる声が、遠のいていく。屋敷の中庭から一気にステータスを爆発させて、飛び上がったからだ。

豪華な屋敷が並ぶ聖騎士区をあっという間に飛び去り、商業区の西門付近へ向かう。

俺が黒剣を握って《読心》スキルを発動させると、変わらずに偉そうな声が聞こえてきた。

『やっと元に戻ったようだな』

「ああ、だけどまだ……」

『終わっていないか』

「そうさ。それにグリード！　俺にもそろそろ、彼の地への扉について教えてくれ」

『知りたいか……だが、今のお前には早いな』

「またかよ。今回の件は、それが原因かもしれないって、ルナが言っていたぞ」

『口が軽い女だ。だからこそ、マインはお前のもとを去ったというのに……』

西門の上へ着地する。下は相変わらず、人通りは少なかった。

明日には、もとに戻っているはずだ。

見渡した先のホブゴブの森。大きな土煙が数箇所で上がっている。みんなが、オーガと戦っているのだ。

戦いの場はわかった。その中へ斬り込んでやる！

再び、足に力を入れて飛び上がる。力を入れすぎたためか、外門を囲むレンガを崩してしまった。あれは、この戦いが終わった後に修復依頼をかければいいさ。

しかし、戦場が王都内でなくて助かった。もし、そうなってしまったら、戻ってきたエリスになんて言われてしまうか……。

『エリスがそんなに怖いか？』

「人の心を読むなよ」

『読心スキルを持っているお前には言われたくないな。それより、ロキシーたちが戦っている魔物はどのようなものだ？』

「オーガっていう人の遺体から生まれてきた魔物だった。もしかして、ナイトウォーカーみたいに暴食スキルで喰らうと反動があるタイプなのか！」

戦いづらい敵かもしれない……。ナイトウォーカーを喰らったときの、魂の痛みを思い出して狼狽《うろた》えるが、そんな俺を笑い飛ばす声がする。

『ハハハハハッ！　安心しろ、フェイト！　あれは違うルートを辿《たど》って生まれてきた魔物だ。しかし、それ故に並外れたステータスを持っている失敗作だ』

「アーロンはEの領域の入り口と言っていたけどな」

『ただのオーガならその程度だろう。天竜を倒したフェイトなら、美味しくいただけるさ』

「それは楽しみだ。沢山の血をメミルに吸われたはずなのにさ。抑え込んだ暴食スキルからくる飢えが高まっているのを感じる」

『ロキシーの魂がお前の体に収まっていたからな。それは仕方ないことだ。暴食スキルに彼女の魂が喰われなかったのを喜ぶべきだな。あの女には感謝することだな』

あの女とは、ルナのことだ。なぜかグリードは、ルナが苦手なようだった。

しかし、それでも彼は、毎晩のようにルナがいる精神世界で、俺に戦いの鍛錬をしてくれる。精神世界で魂をかけて戦う行為は、俺の精神強度を上げる効果があるという。

即ち、暴食スキルへの耐性を、もう一段階引き上げることも狙っているのだ。

『Eの領域の入り口のステータスなら、俺様が毎晩しごいてやった効果を試すのに丁度いい。お前の成長を見せてみろ』

「ああ、ちょうど腹も減ってきたところさ。久しぶりに食い散らかしてやる」

ホブゴブの森に入って、更に木々の間を縫うように駆け抜ける。

未だに聞こえる戦闘音。

次第に大きくなっていくその音の中心に向けて進む。

黒剣を鞘から引き抜き、なぎ倒された大木らを飛び越えて、ロキシーたちに迫っていたオーガの首を切り落とす。

そして聞こえてくる無機質な声に、親しみを感じる。

俺はまた元の体に戻れたと実感できたからだ。

《暴食スキルが発動します》
《ステータスに体力＋1・1E（＋8）、筋力＋1・1E（＋8）、魔力＋1・0E（＋8）、精神＋1・0E（＋8）、敏捷＋1・0E（＋8）が加算されます》
《スキルに剛腕改が追加されます》

たしかに、ステータスはEの領域の入り口だ。スキルは剛腕改か。

ガリアの地でハイオークが持っていた剛腕スキルの上位互換みたいだ。念のために《鑑定》スキルを発動させる。

剛腕改：一定時間、筋力を4倍にする。使用後、反動で筋力が1／5に弱体化する。
　回復まで一日かかる。

うん、効果は剛腕スキルよりも倍になっている。そして反動のデメリットが半分だ。

使いやすい系のスキルではないけど、ここぞという時に真価を発揮する。例えば、俺が天竜を屠《ほふ》ったときに使ったように。

黒剣に付いたオーガの血をはらって、ロキシーたちのところへ。

すぐにロキシーが駆け寄ってきた。

「フェイ！」

「大丈夫か……」

彼女は勢いそのままに抱きついてきたのだ。しかし今は戦闘中。

さっと離れながら、ただ一言だけ。

「心配しましたよ」

「ああ、すぐに終わらせるよ」

後ろを見れば、メミルが怪我しているようだった。

ロキシーとミリアが彼女を介抱するために、オーガから距離を取ろうとしていたところに、俺が割り込んだみたいだ。

気を失っているメミルを見ながら、ロキシーに訊く。

「彼女の状態は？」

「大きな怪我はしていません。私を庇《かば》うために、オーガの攻撃を受けてしまって……初めはとても酷い傷でしたけど……見る見る間に治ってしまって……あれは一体」

「その件は後にしよう。今はオーガだ」

メミルの体の秘密は、本人の了解を得てからでないとロキシーに教えられない。

彼女は見た目こそ人間だが、中身は俺に近い存在になってしまっている。

自分が化け物だなんて、おいそれと話せるものではないだろう。

「アーロンは？」

「それは……」

ロキシーが指差す方角から、土埃が舞い上がる。続いて、高らかに笑う声が聞こえてきた。

この声はアーロンだ。なんて楽しそうな笑い声だ。

彼は俺がこの場にやってきたことなど、とっくに魔力の気配でわかっていたようだ。今にも折れそうな聖剣をオーガの口に突き刺しながら現れた。

「遅いぞ、フェイト！　これでは儂がすべて倒してしまうぞ」

「あと何匹ですか？」

「あと七匹だ。いや、お主が今倒したのと、これから儂が倒そうとしているのを差し引いて、残り五匹だ」

「相変わらず、無茶をしますね」

俺がロキシーの体にいたときに、既に彼の持つ聖剣は限界に近い状態だった。それにもかかわらず、四匹以上のオーガをロキシーたちを守りつつ、仕留めていったのだ。

戦えば戦うほど強くなっていくアーロンに、負けてはいられない。

「だが、助かったぞ。一匹がロキシーたちの方へ行ってしまってな。メミルの悲鳴が聞こえても、オーガたちに囲まれてしまい、すぐには行けなくてな」

アーロンは「儂もまだまだだ」と言いながら、足元のオーガにとどめを刺す。

醜悪な叫び声と共に、剣が折れる金属音が森の中に木霊《こだま》した。

どうやら、本当にギリギリだったらしい。

「というわけだ。後は頼めるか？」

根元からぽっきりと折れてしまった聖剣を鞘に収めながら、アーロンは言った。

そしてニヤリと笑いながら、

「久しぶりだろ。たまには満たされないと、あれが疼《うず》いてしかたないだろう」

「すべてお見通しというわけですか。敵いませんね」

「これでもお主の義父なのだからな。それくらいわかっておるつもりだ。ロキシーたちは儂に任せて、暴れてこい！」

俺の肩を叩いて、後ろへと下がっていく。そのままミリアに介抱されているメミルを抱きかかえた。

「ロキシー、ミリアよ。ここはフェイトにすべて任せて、儂らは一先ず先に王都へ戻るぞ」

「ですが……私は……まだ」

ロキシーは何か言いたげだった。しかし、それ以上は言わずにその場から離れていった。

魔力の気配から、彼らはかなり速いペースで離れていることがわかる。数分も経たずにホブゴブの森から出てしまうだろう。

そんなに急いで⁉　俺がまるで、この森ごと吹き飛ばすような戦いをするみたいじゃないか。

次々と森の奥から顔を出し始めたオーガたちを前にして、グリードが笑いながら言う。

『これは、アーロンの期待に応えるしかないな！』

「バカ言うな。この森は王都の水源も兼ねているんだぞ。俺はこれでも聖騎士なんだよ。そんなことしたら、大目玉を食らうだけではすまないぞ」

『ククク、まあ……そうか。喰らうのはオーガだけにしておくか』

グリードは俺をからかうように言いながら、形状を黒剣から、黒杖に勝手に変えていく。

おいおい……ここで、これかよ!?

『そろそろ、この第四位階にも慣れてもらわなければ困る。今日の俺様はこれでないと戦わない！』

「おいっ、コラッ！　勝手なことをするな。元に戻れって！」

『嫌だね』

「くうううっ！」

この第四位階は強力すぎるんだ。だから、王都でラーファルと戦ったときに使えなかった。

使えば、王都が火の海に沈んでしまう可能性があったからだ。この黒杖は繊細なコントロールが必要だ。

俺としては、通常攻撃よりも、奥義である《トワイライトヒーリング》の方が圧倒的に扱いやすい。なぜなら、奥義は完全治療するだけで破壊はないから、力加減など一切気にしなくてよかった。

『お前がオーガだけを倒せるか、ホブゴブの森も消滅させるか……高みの見物とさせてもらおう』

「いいさ。やってやろうじゃないか！」

『暴食スキルだけに気を取られず、俺様の扱いにも磨きをかけろよ！』

俺は黒杖を握って、オーガへ向ける。数はアーロンが教えてくれたとおり、五匹だ。

司令塔であったゴブリン・シャーマンがいなくなったことで、統制の取れた行動はなくなっていた。知性も感じられず、目前の俺だけを見てよだれを垂らす。

人を食いたいという本能だけで動いているようだった。

「魔物の本能を体現した姿か……それとも……」

いや、今は黒杖のコントロールに集中だ。グリードがこんな無茶を言ってきたのもわかるんだ。

先の位階武器があるのに、ここでもたついていられないからな。

第四位階でこれほど扱いにくさを感じるんだ。第五位階なんてどうなってしまうことやら。

まずは小手調べだ。

俺を食おうと、襲いかかってきた一匹のオーガの攻撃をひらりと躱す。

そして、すれ違いざまに黒杖の先で、やつの腹を軽く叩いた。

「ぎゃあああああああぁぁぁぁっ」

その場所から黒炎が燃え上がり、オーガを包み込む。のたうち回ろうが、決して消えることはない。

呪詛を炎として具現化したものだった。

黒き炎はオーガを跡形もなく焼き尽くしても、地面に居座り続ける。

「消えない黒炎か……また厄介なものを」

どうやら、まだコントロールには程遠いようだ。

無機質な声が教えてくれるステータス上昇を聞きながら、残った四匹のオーガを見据えた。

第15話　絶対凍結

単調な攻撃だ。

アーロンが言っていたように、これならオークの方がまだ戦いがいがあるな。

四匹のオーガはバラバラに攻撃をしてくる。

これらが……人の骸《むくろ》から生まれてきた魔物だというのか。

言葉を話すゴブリン・シャーマンによって、苗床《なえどこ》のように扱われた人々。

彼らには同情するけど、今はもう敵だ。

崩壊現象で理性と呼べるものすらもなくして、ただひたすらに俺を攻撃してくるだけの生き物を、黒炎で燃やしていく。

一匹、二匹、三匹……。

「残りはお前だけだな」

相手の力量などもわからないのだろう。

そして自分が追い詰められているという状況すら、理解できていないようだった。

ひたすらに俺に向かってくる。

まるで死を恐れないところが、異様に思えてしまう。

顔を歪めていると、グリードが珍しく俺に教えてくれる。

『オーガとはな。まさか……このようなものを作り出す技術がまだ残っていたとはな』

「技術？」

『ガリアの軍事技術の一つだ。人を簡単に兵士にするものだ』

「兵士って、あれがか？」

『もう統率者を倒してしまっているようだな。あれは、統率者の言うことを聞くだけの人形に過ぎん。死を恐れない兵士ってのは、使い勝手の良い駒だからな』

魔物を兵士として扱うなんて、どうかしている。しかも、材料が人間だというのはいただけない。

今の王国は、スキル至上主義で持たざる者にとっては生きにくい世の中になっている。だからといって、ガリアのように人を魔物に変えて、死を恐れない兵士にしてしまおうということまではなかった。

「イカれてる」

『ああ、そうさ。ガリアは軍事技術が先行しすぎて、お前の言うとおりにイカれていた』

「さっさと片付けて、ホブゴブの森にあった研究施設を調べよう。何かわかるかもしれない」

『なら、残ったあれを燃やしてしまえ』

言われなくとも！

研究施設は、アーロンが聖剣技アーツのグランドクロスで破壊してしまっている。しかし、見たところかなり丈夫そうな造りをしていたので、少しくらい情報が残っているはずだ。

俺はバカみたいに正面から突撃してくるオーガに向けて、黒杖を振るう。

「ギャアアアァァァ」

脳天に黒炎が現れて、次第に体全体まで燃やし始めた。

叫び声を上げながらも、オーガは俺を襲ってくる。

「こいつ……」

火力の調整が弱かったようだ。今度は、少し強めた黒炎を胴体に向けて放つ。

さらに声を荒らげてオーガは焼かれ、最後は崩れ落ちる。

跡形もなく燃えてもなお、地面には黒炎が残り続けた。俺はステータスアップを知らせる無機質な声を聞きながら、ため息をつく。

「この黒炎って、消えないんだよな」

『ああ、そうだ。今のフェイトではまだコントロールできていないからな。消すことは不可能だろう。ほら、言うじゃないか。炎ってのは付けるよりも、消すことの方が難しいって』

「魔法もあまり使わないからな。黒杖は難しいって感じる」

『黒剣ばかり振るっているから、そうなるのだ。明日からは、黒杖の鍛錬も始めるからな。覚悟しておけよ』

「えええええっ、これって精神世界で使って、燃えるとどうなるのかな？」

『消えないだろうな』

「危ないじゃん！」

『ハハハッ、お前では消せないだけで、あの世界はルナのものだ。あいつになんとかしてもらえばいい。そういうわけで、夜は火だるまにしてやるからな。身をもって黒炎に慣れていけ』

「その言葉をそっくりそのまま返してやる。火だるまになって転げ回るグリードを見るのが楽しみだ……」

グリードの悪乗りに付き合っていたいところだったが、視界が真っ赤に染まっていく。右目から赤い血が流れ出ていたからだ。

やれやれ……だな。

『少し休むか？　でくの坊のオーガといえども、Eの領域を五匹連続で喰らったのだ』

「いや、立ち止まってはいられないさ。俺には……」

『残された時間か』

「ああ、ルナやメミルのおかげで、なんとか表面上だけはいい感じなんだけどさ」

『本質は何も変わっていないからな。暴食スキルはお前を着々と侵《おか》している。Eの領域に踏み込んでからは、一段と速くなってきているといったところか』

「よくわかっているな」

『これでも、お前の相棒だからな。ロキシーにこのまま黙っておくつもりか？』

地下の研究施設があった場所へ歩き出しながら、彼にロキシーと入れ替わった後の出来事を話していく。

「俺とロキシーが入れ替わっていただろう。それでさ……たぶん……俺の状況を彼女に知られてしまったみたいなんだ」

『タイミングが悪かったな』

「遅かれ早かれ、わかったことだし。後もう少しだけ、なんて思っていたから、案外それでよかったのかもしれない」

『そうか……なら、これからどうする』

「今の状況がわかるか、落ち着くかしたら、俺も彼の地への扉を目指そうと思う」

『予定より早いじゃないか。ルナに何かを言われたのか？』

察しのいいグリードだった。

しかし、それとは別に俺にマインと会いたいと、はやる気持ちがあったのだ。

「俺がそうしたいんだ。今の暮らしはとても幸せで、ずっとこのままでいたい。でも、マインのことがずっと気になっている自分がいるんだ。それに、彼の地への扉が開かれようとしているらしい。ルナは言っていたよ。もし、完全に開かれてしまったのなら、誰も幸せになれない世界が待っているって」

『だから、行くのか』

「ああ、そうさ。何も見えなかった俺にも、守りたいものができたから……行くよ」

ハウゼンの復興も順調に進んでいる。あそこの統治は表向きは領主であるバルバトス家が行っているようにしてある。

しかし、実際はそこに住む民たちの選任によって選ばれた、十二人の都市管理議員によって、取りまとめられている。

俺とアーロンはたしかに大きな発言権があり、議員たちの決議を覆すことはできる。まあ、そのようなことはしないけど、領民たちの意向により残してあるのだ。

俺たちは、持たざる者たちを守るための盾に過ぎない。

これからハウゼンがどのように発展するかは、すべて彼らに任せている。

できることと言ったら、各地で虐《しいた》げられている持たざる者を、ハウゼンに導くことだ。

そこでスキル至上主義の世界とは、違う生き方を模索する。

先日議員となったセトの話では、ガリアの技術を応用することで着々とことが進んでいるらしい。近い未来、俺の盾としての役目も終わりを告げるだろう。

『アーロンが悲しむぞ。マインがいなくなって落ち込んでいたからな。お前までいなくなれば、どうなることやら』

「……わかってくれるさ。短い間だったけど、いい思い出をいっぱいもらったし」

『ハハハハッ、本当に短い聖騎士だったな』

「笑うなよ。ここから先はバルバトス家の当主という肩書きに、傷をつけてしまうかもしれない。それにただのフェイトとして戦いたいんだ。グリードだって、あの時に言っていただろ」

それは初めて暴食スキルの飢えに苛《さいな》まれてしまったときだ。

当時ハート家の使用人として働いていた。

いまだかつてない空腹感に苦しんでいた俺に、グリードは言った。

一度魂を喰らった暴食スキルは、止《とど》まるところを知らない。保持者はその飢えを満たし続けなければいけない。

お前は戦いを決してやめることができない業《ごう》を背負ったのだと。

「賽《さい》は投げられたってな」

『そうだったな。今から思えば、懐かしい』

「初心に返るってやつさ」

俺はアーロンによって、大穴を開けられた場所に戻ってきた。

周りの大木はなぎ倒されており、彼の放ったアーツがどれほど強力だったかよくわかるものだった。

「さてと、行くか」

『おう』

下りようとした時、嫌な殺気を西側から感じた。咄嗟に、後方へ大きく飛び退く。

「なっ⁉」

思わず声が出てしまうようなことが起こった。

俺が立っていた場所——地下の研究施設があったところに、大きな氷山が出来上がっていた。

空から降ってきたのではない。地下から出てきたのでもない。

この突然発生する感じは、魔法に似ている。

その氷山で地下の研究施設へ行けないように、直径一キロメートルほど凍りつかせたのだ。

信じられない。目に見える場所だけではない。地面の中まで凍っている。

「誰が……こんなことを」

『気配は消えたようだな』

先程の殺気は、嘘のように静まり返っている。魔力の気配を辿っても探知できなかった。

地下の研究施設に入らせないために、先手を打たれてしまったようだ。

「この氷、普通の氷と違うぞ。鉄なんて比べ物にならないくらい硬い」

それに砕いても、元の形に戻ってしまう。まるで生きているかのようにだ。

こうなったら、黒杖の黒炎で燃やしてしまおう。

「これなら、どうだ！」

炎は氷の表面を燃やすが、すぐに元通りになってしまう。力は拮抗《きっこう》しているようで、目立った効果は得られなかった。

「おいおい……何なんだ、この氷は」

『俺様の第四位階の黒炎を防ぎ切るとはな。この氷の結界を作り出した輩《やから》はなかなかの使い手だってことだ』

「褒めている場合かよ。どうするんだよ。研究施設を調べられないぞ」

『まあ、諦めるんだな』

「なぬ～っ!!」

俺の妨害をした敵と思《おぼ》しき者は、どこかに消え失せており、見つけるすべもなく立ち尽くす。

それにしても、グリードの力と拮抗できるほどの実力を持っているか……。

「わからないことばかりだな」

『まずは、アーロンたちと合流した方が良いだろう』

「ああ、王都へ戻ろう」

やるせない気持ちをぶつけるように、渾身の力で最後に氷山を殴りつける。

Eの領域のステータスの補正によって、氷山全体に大きな亀裂が生じる。しかし、すぐに元通りに修復されてしまった。

まさに絶対凍結の壁だ。何があっても対象を凍らせ続けている。

後ろ髪を引かれながらも、俺はホブゴブの森を後にした。

途中、静かなゴブリン草原を駆け抜けて、王都の南門が騒がしいのに気がついて足を止める。

もしかして、俺たちがゴブリンを活性化させていた元凶を倒したので、商人たちの往来が元に戻ったのかな……。なんてことは、さすがに早すぎる。

それが知れ渡って、商人たちが戻ってくるまで一週間はかかるだろう。

なら、何か？

近づいてみて、俺は目を疑った。

「王都軍だ！　でも……あの旗は」

兵士たちが持っていたのは青バラを模《も》した紋章だった。それはハート家の家紋だ。

しかもその規模は大きく数万人はいるだろうか。通常なら軍事区がある北門から入場するはずだ。

なぜ、商業区の南門から兵士たちが入っていくのか。まったく理解できなかった。

「何が起こっているんだ？　グリード？」

『まさかな……』

彼には心当たりがあるようだ。しかし、口をつぐんでしまい、それ以上何も言わない。

兵士たちは長旅だったのだろう。疲れた様子で王都の中へと入っていく。

そして、受け入れる側である兵士や民たちも、困惑した顔をしていた。だがその中で、一人の老婆が兵士の男に駆け寄って抱きしめたのだ。

「死んだと思っていたら、生きていたのかいっ。よかったわ……」

「母さん……ただいま」

その場だけ切り取ってみれば、感動的な場面だ。それを皮切りに、兵士の家族と思われる人々が再会を喜び始める。

皆が口々に言うのだ。

天竜に殺されたと思っていたと……。

南門付近は次第に大騒ぎになっていく。

そんな中で、俺はアーロンを見つけた。

「フェイトか、無事だったようだな」

「はい、それよりも……これは」

「儂にもわからん。今、ロキシーとミリアに頼んで、メミルを屋敷へ連れて行ってもらっておる。命には別状なしだ」

「そうですか、よかった」

ホッとして体から荷が下りたような気がした。まずは一安心だ。

暫くの間、アーロンとこの騒ぎを眺めていると、ロキシーが人混みをかき分けてやってきた。

「フェイ!」

「ロキシー、体の調子は?」

「大丈夫です。メミルも無事に屋敷へ届けました。それよりもこの騒ぎはどうなっているんですか?」

メミルを連れて行った後に、ミリアと一緒にアーロンと合流しようと戻ってきたそうだ。

だが、その途中で南門の騒ぎを聞きつけて、急いでやってきたという。

ミリアとはお城への報告をさせるために、いったん別れたそうだ。

死んだはずの兵士がどんどん入場し続けて、事態は混迷していく。

そんな中で、青バラの紋章が描かれた一段と大きな旗に目が留まった。それに囲まれるように、白馬に乗った男性が現れた。

彼は悠々と南門を潜って入場する。

その姿に誰もが息を呑んだに違いない。アーロンだって言葉を失っていた。俺だってそうだ。

「うそっ……」

一番驚いていたのは、ロキシーだっただろう。

それは天竜によってガリアの地で死んだはずの肉親――父親であるメイソン様が生きて戻ってきたからだった。

喜ばしいことなのに、その時の俺は得体の知れない怖さを感じたんだ。

第16話　死者蘇生

メイソン様はロキシーに気がついた。

白馬から降りてゆっくりとした足取りで彼女に近づいていく。

おそらく、死んだと思っていた人が目の前に現れたら、普通なら喜び勇んで駆け寄るはず。だけど、ロキシーは言葉をなくしたまま固まってしまい、近づいてくるメイソン様をただ見つめるだけだった。

娘の様子に彼は少し困った様子だった。その顔には、自分は戻ってきてよかったのかという不安も混ざり合っているような気がした。

「ロキシー、ただいま」

メイソン様から優しい声でロキシーに語りかける。その声で、張り詰めていた空気が溶け出していくようだった。

彼が亡くなってから、ロキシーはハート家の家督を継いで頑張ってきた。

民の側につく彼女を良く思わない他の聖騎士たち。

新参者であったロキシーは彼らによって、お城では過剰な仕事を押し付けられていたように見えた。

当初、使用人をしていた俺から見ても、大変そうだった。

本人はもっと大変だったに違いない。

挙句の果てには、ラーファルの策略により、ガリアの地への遠征だ。

沈黙していたはずの天竜が暴れ始めた地に、自分の気持ちを押し殺して旅立った日のことを忘れられない。

その前の日に偶然に見てしまった。彼女がメイソン様のお墓で、何かを誓っていたのを。

言いたいことがたくさんあったけど、もう何も伝えることができない。だから、せめてお墓にその言葉を残していこうとしたのかもしれない。

俺だって似たようなものだ。

両親はすでに幼い時に亡くなっており、今言いたいことを話すこともできない。もし会えたなら、こんな俺でも話したいことくらいある。

今のロキシーにはそれができてしまう。おそらく、今まで溜め込んできたものがとめどなく溢れ出てしまって、言葉にできないのかもしれない。

生きて帰ってきた父親を前にして、言葉ではなく涙で答えていた。

そんな彼女をメイソン様は抱き寄せる。

「がんばったな、ロキシー」

「うん」

その後のことは、現状を理解できない俺を置いて、またたく間に過ぎていったのを覚えている。

再会を喜んだ親子にアーロンが声をかけて、お城に報告へ行くように勧めた。

メイソン様はそれに従い、すぐにお城へ向けて歩き出そうとする。

共に付いていこうとするロキシーを、その場に置いてだ。

「父上……」

「そのような顔をするでない。久しぶりに会って、聖騎士らしくなったと思っていたのに、まだ子供だな」

「ちっ、違います！　私は……私は」

「すぐに戻るから、屋敷で待っていなさい」

メイソン様はお城へ行く前に、俺たちに声をかける。

「アーロン様、助言をありがとうございます。まさか……聖騎士に戻られていたとは知らず、お恥ずかしい限りです。そちらの方は？」

「フェイト・バルバトスだ。縁あって、儂の養子となったのだ。込み入った話は後にしようではないか」

「そうですね。では、これで」

ロキシーの父親ということで、俺は段々と緊張してしまい、ガチガチで頭を下げてしまった。

そんな俺に、ニッコリと笑顔を返してくれるメイソン様。いい人だな……なんて思っている内に彼はお城へ向けて行ってしまった。

残された俺たちは、首を傾げながら、未だに飲み込めていない状況に困惑していた。

これほどの人数が、実は死んでいなかったという奇跡など、あるはずがない。それに遺品も回収されて、遺族たちに返されている。

メイソン様の遺品も同じように、ハート家のお墓の中で眠っているはずだ。

アーロンは確かめるために、ロキシーに確認してみるように言うが、首を横に振って断った。

「怖いです……できません。大事なことなのに申し訳ありません」

「いや、配慮に欠けていたな。謝るのはこちらだ。すまないな、ロキシー」

しばらくして、ミリアの知らせを受けた兵士や聖騎士が、南門へぞろぞろとやってきた。

俺たちはその場を彼らに任せて、聖騎士区へ戻ることになった。

ハート家の屋敷には、アイシャ様がいる。夫が生きていたことを、すぐに報告した方が良いと思ったからだ。

「母上はきっとびっくりすると思います」

「そうだな。アイシャなら飛び跳ねて驚きそうだ」

先を歩くロキシーとアーロンを見ながら、俺はグリードへ訊く。

「どういうことだと思う？」

『普通ではありえないことが起きている』

「それはわかっている。俺が訊いているのはそういうことじゃない」

『もう薄々と気がついていると思ったがな。ルナは言っていたのだろう。最後は誰も幸せになれないってな』

「それは……始まりは良くても、最後はってことか？」

『ああ、そうだ。ロキシーを見ろ、突然父親が戻ってきて戸惑っていたが、今は違うようだ。実に幸せそうじゃないか』

心の中では父親が生きていてくれたらと、思っていたのかもしれない。

少しずつ受け入れていくようになって、逆にそれが偽りであることを恐れているように
も見えた。

俺はグリードに、マインが追い求めている件が関係しているのかを確認してみる。

「彼の地への扉か？」

『だったら、お前はどうする』

「グリード！」

『悪かったよ。まだ、時間はあるさ。そう慌てることはない。ここまで進んだら、エリスもたもたしてはいられないだろう。何らかの情報を持って帰ってくるはずだ。お前にできることは、それを待つだけだ』

「待つか……」

待つのは苦手だ。

だけど、今はそうするしかなさそうだ。まずは生き返ったと思われる人たちから、情報を得るのが先決だろう。

お城にいる白騎士たちが主体となって調べてくれるはずだ。苦手なお姉さんたちだが、言えば教えてくれるだろう。

商業区から聖騎士区へ入って、俺たちは進んでいく。ハート家の屋敷に近づくと、門の

前にはアイシャ様がいるではないか。

どうやら入れ替わりが元に戻った後、帰ってくるはずの俺たちを外で待ってくれていたようだった。気丈に振る舞っていただけで、かなり心配してくれていたみたいだ。

アイシャ様は俺たちを見つけると、すぐさま駆け寄ってきた。

「みんな無事だったようね。良かったわ……本当に。安心して、メミルちゃんはつい先程目を覚ましたから、今はサハラちゃんが一緒にいてくれているわよ」

「ありがとうございます、アイシャ様」

「うんうん！　やっぱり、この方が良いわね。男の子っぽいロキシーも面白かったけどね。もう見られないと思うと少し残念だわ」

「母上！　不謹慎です！」

「あらら、ごめんなさい。そんなに怒らないでロキシー。眉間にしわが寄っているわよ。そんな顔していたらフェイトに嫌われてしまいますよ」

「なっ⁉」

相変わらず、元気な人だ。

数ヶ月前まで、病人だったなんて思えないほどだ。

そんなアイシャ様にこれから伝えないといけないことがある。どのような反応をするのか、俺としては少し心配だった。

俺とアーロンが見守る中で、ロキシーは真面目な顔をして、彼女に伝える。

「母上、驚かずに聞いてください」

「なになに、改まっちゃって何なのかな？　あっ、もしかして⁉」

大いに盛り上がるアイシャ様は、俺とロキシーを交互に見ながら歓喜する。

何かを大いに間違えているような気がするぞ。

ロキシーは同じように気がついたみたいで、慌てて言う。

「それはまだです！　母上の思考は、どうしていつもそっちに行ってしまうんですか⁉」

「あら、違ったの……残念だわ。じゃあ、何なの？　それ以外ならどうせ大したことないんでしょ」

期待していたことではないと知るや、アイシャ様は投げやりになってしまう。

本当に大事なことを言おうとしているのに、いい加減な態度に業を煮やし始めるロキシー。俺は思うのだが、この二人はいつもこんな感じだな。

ロキシーは、アイシャ様に良いようにもてあそばれているのだ。

「母上、よく聞いてください」

アイシャ様の肩を掴んで逃げられないようにしたロキシーは力強く言った。

さすがのアイシャ様も、これにはビックリしたようで若干狼狽えている。

「わっ、わかったから。はい、なんでしょうか？」

「父上がお戻りになりました」

「はっ⁉」

「だから、父上がガリアから戻ってきたんです。生きて帰ってきたんです」

死んだはずの夫が生きているということが、理解できないみたいだった。アイシャ様は目をパチクリさせながら、再度ロキシーに訊いてくる。

「そのような冗談はやめなさい。そんなはずはないでしょ。メイソンはガリアで死んだのよ。私をからかうにしても冗談が過ぎるわ」

「本当です！」

「へっ⁉　あらあら、まあまあ……どうしたことでしょうか……アーロン様からも言ってやってください」

まだ冗談だと思っているようだった。だから嘘を言わないアーロンに助けを求めるが、

「アイシャよ。ロキシーが言っていることは本当だ。さきほど儂もメイソンに会った。今はお城へ報告に行っておる」

「もう……アーロン様まで。嘘、嘘よ。だって……あの人は……。フェイトからも言って

やってちょうだい」

最後の砦とばかりに、俺にすがりついてくるアイシャ様。

別にメイソン様が生きていることが嫌というわけでは決してない。とても喜ばしいことだ。

それ故に、あまりに現実離れしていて、受け止められないのだろう。死人が生き返って戻ってくるんだものな。アイシャ様の反応が普通なのだ。

「みんなして私にとんでもない嘘を吐くのよ、フェイト！　メイソンはもう……。もし生きて帰ってきたなら、私は気を失う自信があるわ」

「アイシャ様……落ち着いてください。息を大きく吸って、吐いてください」

「うんうん。ありがとう、フェイト。少し落ち着いてきたわ」

「よかった。俺からも言います。メイソン様が戻ってきました」

「!?」

どうやら、俺が言ったことが決め手になってしまったようだ。

アイシャ様が白目をむいて、宣言していたとおりに気絶してしまった。地面に倒れないようにすぐに抱き上げる。

まさか、母親が気を失うとは思ってもみなかったのだろう。ロキシーも慌て出す始末だ。

「母上⁉」

「これはいかんな。すぐに屋敷に連れて行って寝かせよう。アイシャは昔からメイソン一筋で大好きだったからな……」

「あぁあ……すみません」

「フェイトが謝ることはないです。母上は手がかかるんです。こちらへ」

「はい」

俺はアイシャ様を抱きかかえたまま、ロキシーの後に付いていく。

ハート家の屋敷の中へ入ると、使用人の上長――ハルさんが何事かと駆け寄ってきた。

「どうされたのですか⁉　アイシャ様！」

「感情が高まってしまい、気絶してしまったみたいです」

「それは……大変です。頭を冷やすものを持ってきます」

ハルさんはすぐさま俺たちから離れていった。

他の使用人たちも心配そうにアイシャ様を見ていた。

ざわつく屋敷内で、アーロンがロキシーに助言する。

「これからメイソンが屋敷に戻ってくる。その前に使用人たちに事情を話しておいた方がよいだろう」

「そうですね。すぐに皆を集めて、このことを話します。母上をお願いしてもいいですか？」

「任せておけ。フェイトも良いな」

「はい。アイシャ様の看病は俺たちがするから」

「ありがとうございます！　では」

ハート家の家長として役目を果たすために、ロキシーは使用人たちを集め始めた。

すべての者が集まったところで、メイソン様が王都に帰還されたことを伝えるようだ。

アイシャ様ほどとはいかないけど、かなり驚くだろう。

使用人として働いていたときだって、メイソン様が亡くなられたことをずっと悲しんでいたからな。

お酒が入ると、最後はメイソン様の話になっていたことをよく覚えている。

ロキシーが使用人たちに声をかけていく。その姿を見ながら、アーロンが褒める。

「彼女はよくやっておる。誰から見てもな。では儂らも行こうか」

「はい。ですが、アイシャ様の自室に男だけで入ってよいのでしょうか？」

「フェイトはそういうところが、堅いな。それなら……」

ちょうどハルさんが、タオルと水が入った洗面器を持って戻ってきた。

「良いところへ。すまないが儂らをアイシャの部屋に案内してもらえると嬉しいのだが」

「こちらです。フェイト様も」

ハルさんの案内で、アイシャ様の自室へ。

抱きかかえている俺の耳に、彼女のうわ言が聞こえてきた。

メイソン様の名を呼ぶ声だった。

「もうすぐ戻られますよ」

そっとアイシャ様に言うと、安堵した表情に変わっていった。

ずっと我慢されていたのだろう。

そして、忘れられないルナの言葉が頭の中をよぎる。

彼の地への扉は開かれようとしている。または開かれてしまったのか。

まだはっきりとはわからないけど……それによってメイソン様が戻って来られたのは、素直に喜ばしいことだと思う。

その時だけは……俺もアイシャ様やロキシーと同じように、そのことが嬉しかったんだ。

第17話　メミルの真意

アイシャ様を自室へ連れていき、ベッドへ寝かす。

彼女が心配だったため、俺たちはしばらくハート家にいることにした。

一時間ほど経っただろうか。

ゆっくりとアイシャ様は目を覚ました。

「……ごめんなさい。ちょっとはしゃぎすぎたみたい。これもフェイトが体を治してくれたおかげね」

ベッドから起き上がると、彼女はニッコリと微笑んだ。

メイソン様が生きて帰ってきたことを、やっと受け入れられたのだろう。横にいるアーロンもホッとしていた。

「あの人……私が元気になったと知ったら、きっとビックリするわ。私みたいに気を失うかも」

「ハハハッ、メイソンは昔から物事に動じない男だ」

「もうっ、アーロン様ったら」

アーロンが言ったことで、俺は思ってしまう。メイソン様が戻られたことで、ハート家の人々は相当驚くことだろう。

それ以上に、本人が一番驚いていておかしくはない。だけど、商業区の南門で会ったメイソン様は、ロキシーのことを心配していた。

すごい人だ。

自分に人智を超えたことが起こっているというのに、それをまったく表に出さないのだ。

俺のようなにわか聖騎士とは違う。覚悟と決意が別物なのだろう。

ロキシーを気遣うメイソン様の表情から、そういったものを感じた。

アーロンは、アイシャ様が落ち着いたところを見計らって、部屋から出ていくことにしたようだ。

「では、儂らはこれで。戻ってきたメイソンによろしく言っておいてくれ」

「えっ、アーロン様たちも、いてくれてもいいのですよ」

「いや……それはできんさ。久しぶりの家族の再会に、儂らがいたら邪魔になってしまう。日を改めて、挨拶させてもらおう」

「そうですか……お気遣いありがとうございます」

「ふむ、では。フェイト、行くぞ」

「はい」

女性の部屋に長居するのも、心苦しいと思っていたところだ。

家族水入らずか……羨ましいな。

俺の父親は幼い頃に病に冒されて、死んでしまった。母親は俺を産んですぐに亡くなってしまったそうだ。

もし、メイソン様に起こったような奇跡が、俺の両親にも……いやないだろうな。

そのような叶いそうもない希望は忘れた方がいい。それに、今の俺には家族がいる。

アーロンやメミル……それにメイドとして働いてくれているサハラだって、妹みたいな感じだ。

まさか、俺がこのような家族の輪に入れるとは思ってもみなかった。それなのに……俺は……。

「フェイト、どうした行くぞ！」

俺の肩にアーロンは手を置いた。

彼は俺の顔を見て、何か言いたそうだったけど、そのままアイシャ様の自室を出ていった。

「待ってください、アーロン！　アイシャ様、俺はこれで……」

「また、遊びにいらっしゃい。待っていますよ」

俺はアーロンを追いかけるように部屋を出ていく。

入れ違うように、ハルさんが中へ入っていき、賑やかな声が廊下へ響いてきた。

よかった……今はもうメイソン様が戻られるのを楽しみにされているようだ。

アーロンに追いついて横に並び歩く。彼はしばらく、何も言わなかった。

しかし、突然立ち止まって俺の顔をまっすぐ見て言うのだ。

「フェイトよ、お主はこれからどうする気だ」

すべてお見通しだった。

「最近のお主は、どうも様子がおかしい。ふとした時にここではない、違うどこか遠くのことを思っているように見える」

「それは……」

言い淀んでしまう俺に、アーロンは少しだけ困った顔をした。

「マインのことか？　儂も同じように心配しておるが……」

「……」

「図星のようだな。やはり……行くか」

「今はまだ。ですが、行方がわかり次第、発《た》とうと思っています」

「そうか……。そのことをロキシーには？」

「いいえ」

そう言うとアーロンの表情が一層曇ってしまう。

「わかった。だが、その時がきたら必ず儂に言うのだ。盛大に見送ってやろう。よいな？」

「……はい」

アーロンはそれだけ言うと、メミルの様子を見るためにバルバトス家の屋敷に帰っていってしまった。

もっと言いたいことがあったかもしれないのにな。

俺のことを養子にしてくれて、好きにすればいいと言ってバルバトス家の家督まで譲ってくれた人だ。黙って出ていくことなど許されない。

その恩に少しでも報いるために、約束は裏切れない。

屋敷を出る前に、ロキシーに声をかけておこうと思って探した。

すぐに見つけられたが、まだ使用人たちに話を続けているようだ。聞いている彼らは、アイシャ様と同じ反応だった。

一様に信じられないといった顔つきだ。

それにロキシーは丁寧に説明している。

隅でしばらく聞いていたけど、これには時間がかかりそうだった。

これ以上部外者の俺がいて、使用人たちが話に集中できなくなっても困る。

帰ろうとしていると、ロキシーが気がついて視線を送ってきた。俺はそれに手を軽く上げて返事をする。

これだけで、また明日という意味で伝わったようだ。

使用人たちへの説明が終わっても、彼女にはまだやることが待っている。メイソン様の帰還のお祝いだ。

そういえばロキシーがガリアから帰還したときのパーティーは、かなり盛大なものだった。

ならば、メイソン様は同じくらいか、それ以上かもしれない。バルバトス家の当主として恥じないお祝いの品を用意した方がいいだろうな。

嬉しいことも、不安なことも同時にやってくるという不思議な感じだけどさ。

屋敷を出た俺は、バルバトス家に戻ることはなく、軍事区の方へ歩き始める。

今日あったことをライネに報告しようと思ったからだ。

ゴブリン・シャーマンによってロキシーと魂が入れ替わったときに、いろいろお世話になったことだしな。

聖騎士区内も、騒がしくなり始めていた。

メイソン様が兵士たちを率いて戻ってきたことが広まりつつあるからだろう。

行き交う人々とすれ違っていると、ふと軍事区への門の側にある墓地が目に入った。このまま進んでもいいけど、あれから数ヶ月が経って、俺にも心の整理が付き始めていたのかもしれない。

墓石が並ぶ一角へ入っていく。

ここは聖騎士として死んだ者が眠る場所ではない。聖騎士区で使用人として働いていた者たちが眠っている。

人生を通して、聖騎士たちに尽くした者たちが本来眠る場所だった。

しかし、聖騎士たちの多くは素行が悪いために、使用人を殺める者が後を絶たなかったという。

その死体を都合よく眠らせるために使われる、曰く付きの墓地だった。

だから、ハート家の使用人が亡くなったときには、この場所に眠らせることはないとロキシーから聞いている。

彼らは故郷であるハート家の領地に、丁寧に埋葬されているらしい。

グリードは軍事区へ行かずに寄り道をしていることが気になったようだ。

『どうした？　このような場所へ』

「ああ、あいつの様子でも見に行こうと思ってさ」

『そういうことか……』

ひっそりと佇む墓石。真新しいそれの前に立って、手を当てる。

「ラーファル、少しは気がすんだか？」

すると、暴食スキルが蠢《うごめ》いたような気がした。

俺はラーファルの魂を喰らっている。

つまり、あいつは俺の中にいるというわけだ。

ルナほどではないけど、あの精神世界の下にいる亡者どもの中に、ラーファルがいるのだろう。

だからこうやって墓の前で名を呼ぶと、あの地獄のような場所から魂が浮き上がって来ようとしているのか……それともただの気のせいかもしれない。

王都を破壊しようとした滅茶苦茶なやつだったけど、あいつなりの復讐だった。

唯一無二の味方だった母親を失ったときにラーファルの何かが壊れてしまったことは、残された日記を読めばわかる。

持たざる者だった母親を助けてくれなかった……この王国のスキルが絶対の世界に対する憎しみが、日に日に増していった。

だがしかし、ラーファルがやろうとしたことは、

「許されることではありません」

俺が心の中で言おうとしていたことを、先に発せられてしまう。

その小悪魔のような声色で、誰かはわかる。

振り返ることなく、彼女の名前を呼ぶ。

「メミルか。体の調子はどうだ？」

「おかげさまで問題ありません。ですが、フェイト様がまさかこのような場所へ来られるとは思ってもみませんでした」

メミルは花束を手に持って、俺の横に並び立った。

墓はよく手入れされており、おそらく彼女は日頃から足を運んでいるのだろう。表情からは至って優しい感じがした。

ラーファルによる人体実験によって、かなりの苦痛を味わったというのに、恨んでいる

様子はないようだ。

そして、彼女は初めて俺に、ラーファルがおかしくなっていったきっかけを教えてくれた。

メミルがお城からすでに尋問されていたため、俺にもある程度の情報は入っていた。だけど、こうやってメミルの口から話してもらえるとは思ってもみなかった。人は辛い思い出を、何度も他人に話したくはないものだから。

「ラーファルは、私を連れて山岳都市を訪れた際、地の底であるものを見つけました」

「ナイトウォーカーの始祖か？」

「はい。たしか……手のひらに載るくらいの小さな赤い石でした」

「始祖であるシンというやつは、その赤い石を世界中にばらまいて、いつでも復活できるようにしているらしい」

「それを賢者の石と言っていました。初めはその石を使うと、あらゆる傷が治ってしまったんです。この世界には回復魔法がありませんから、ブレリック家の研究者たちが沸き立ったことをよく覚えています」

まさか、研究者たちもその賢者の石が生きていたとは思ってもみなかっただろう。

ただの石なら、それだけで終わっていたのかもしれない。

「そんな中、ラーファルだけがおかしなことを言い始めました。石から声が聞こえると……。その時の私はあまり気にしていませんでした」

「石の状態で意識を持っていたというわけか……。シンが言葉巧みにラーファルの願望を引き出していったのだろうな。戦いの中で会ったあいつは、そんな感じがした」

マインだって、彼の地への扉を引き合いに出して、連れて行ってしまったのだ。

横槍が入らない一対一の会話になったら、より一層シンの思う壺だっただろう。

母親のことで王国の方針に恨みがあったラーファルには、ブレリック家の当主という強い立場もあった。

そして、シンの助力も得てしまったわけだ。

Eの領域――人では倒せないとされた天竜を超える力を知ってしまったのなら……手に入れてしまったのならな。

アーロンの言葉が重く響いた。より強い力には、それよりも大きな責任が伴うという。

俺にはメミルに言わなければいけないことがあった。もう先延ばしにはできない。

「ラーファルとハドを殺したことは、申し訳ないと思っている。でも、あの時は……」

「言いましたよね。仕方なかったんです。ラーファルは王都の陥落《かんらく》を企み、ハドは裏で持たざる者たちに残虐行為を働いていました。私だって、フェイト様に酷いことをしていましたし……」

「だからといって、すべてをなかったことにはできないさ。それでも、俺は嬉しかったんだ。メミルが、バルバトス家に来てくれることを決めてくれて」

メミルに向けて笑いかけようとしたけど、うまくいっているのだろうか。

たぶん、ぎこちないものになっているかもしれない。彼女はそれに頷いてくれた。

そして手に持っていた花束を墓の前に置く。綺麗な白い花だった。

静かに俺に向き直って言う。

「聞きましたよ。ハウゼンでいろいろとされ始めたようですね。うまくいくといいですね」

「ああ。みんな頑張ってくれている。じきに俺という盾は必要なくなるだろうさ」

「それはダメですね。きっとまだできることはあるはずです」

「メミル……」

「そのために決めたんです。ラーファルはフェイト様の中にいる。今もあなたを見ている。なら、ちゃんと見せてあげてください。道は一つではなかったと」

「ありがとう」

しばらく何も言わずに、二人で墓の前に立っていた。

　また来よう。そう思って歩き出す俺にメミルは言う。

「ロキシー様にはちゃんと言うべきです。言わなければ伝わらないことなんてたくさんありますから。私は血をいただくことで、あなたの状態は手に取るようにわかってしまう。だけど、彼女は私とは違います。大事な人にはちゃんと言うべきです」

「……そうだな」

「私はずっと見ていましたから。フェイト様がブレリック家に雇われていたときから、あなたにとって彼女は特別でしたから。それを見ていると、よく邪魔をしたくなりました」

「アハハハッ、よく踏みつけられたものだ」

「そうでしたね。あの時は本当にごめんなさい。でも、そういうのがお好きなら言ってくださいね。喜んでして差し上げますから！」

「もしそんな趣味に目覚めたときは頼むよ」

「フフフッ……楽しみにしていますね」

　辛い思い出も関係が近づいてみれば、嘘のように笑い話になってしまう。

　アーロンがメミルをバルバトス家に入れると言った意味。それを今初めて理解できた。

　それと同様にまだマインともやり直せるはずだ。たとえ、彼の地への扉が彼女にとって譲れないものだったとしてもだ。

第18話　血を求める者

軍事区へは、メミルも同行することになった。

ゴブリン・シャーマンとの戦いで大きな傷を負ってしまったこともあり、ライネに診てもらおうと軍事区へ向かっていたそうだ。

そのついでに、ラーファルたちの墓に参ろうとして俺と鉢合わせになった。

だから、まさか俺がいるとは思ってもみなかったのだそうだ。

「ライネにはどのくらいの周期で診てもらっているんだ？」

「今は週一くらいの頻度ですね。フェイト様はどのくらいなのですか？」

「俺は週二かな」

「ライネさんが言っていたんですけど、なかなか来ないって。月一くらいかと思っていました。週二も行っていたんですね」

「うん、それに加えて診断の時間もかなり長いぞ」

「そうなのですね。フェイト様は私の体よりもかなり特殊ですからね。ちなみに診断のとき、私は注射器で血を取られるのが苦手です」

「アハハハッ、俺もだよ」

先程メミルといろいろと話せたことによって、他愛もない会話も少しずつできるようになってきたような気がする。

アーロンに連れられて屋敷にやってきた頃は、距離感がつかめずに苦労していたからな。

こうして話してみると、メミルは根っからの悪い子ではないようだ。今まではブレリック家の教育方針によって、そうなってしまっていたんだと思う。

そう思っていたのも束の間、やはり俺が知っているメミルの顔も残っていたようだ。

聖騎士区から軍事区への門で、兵士たちが彼女に身体検査をしようとしたときのことだ。

他人に体を触られそうになって眉を吊り上げていた。

見ず知らずの男の兵士に、体をベタベタと触られるのは嫌だよな。

「私はバルバトス家の使用人です。今回は当主様が一緒にいるので、そのようなことは必要ないと思いますが」

口調は使用人が使うものではなく、聖騎士そのものだった。

この冷たい物言いは昔を思い出させて、背筋に冷や汗をかいてしまうほどだ。

屋敷内では至って落ち着いていて、優しげな感じだったのにすごい違いだ。

まあ、バルバトス家とそのまわりには配慮できているから良しとしておこうか。

すべての人に優しくなんて、とても難しいことだし。今回は兵士が悪いと思う。

俺は間に入って、兵士たちに納得してもらえるように説明する。

「メミルは使用人の姿をしている。しかし彼女はバルバトス家の養女だ。何かあった場合は俺がすべての責任を持つ。これからは身体検査はしなくてよい」

「ですが……」

「聞こえなかったのか。バルバトス家の当主、フェイト・バルバトスがすべての責任を持つ。それでも不服なら、エリス・セイファートから王命を出してもらってもいいのだが」

「いえ、どうぞ。お通りください」

ちょっと言いすぎたかもしれない。

心の中で、震え上がっている兵士たちに謝りながら、門を通っていく。

兵士たちが小さくなり、俺たちの声が届かなくなったところまできたとき、メミルが嬉しそうに声を掛けてきた。

「私のためにそのようなことをしてくれるとは、思ってもみませんでした」

「メミルは俺の家族だからさ。それに妹でもあるわけだし」

「なるほど……妹が見知らぬ男に体を触られる。それが嫌だったわけですね。なるほど、なるほど」

滅茶苦茶ニヤニヤしながら俺を見てくるんだが……。

視線が痛すぎるんだけど……。

くぅぅっ！

耐えかねて、メミルに言ってしまう。

「なんだよっ！　もうっ！」

「フフフフッ、私でこれなら……ロキシー様なら一体どうなってしまうのだろうと思いまして」

歩きながらメミルは得意げに言ってくる。

俺が困っている顔を見るのが大好きです！　というような楽しそうな表情だ。

「わかりました。それならば、頭の中で先程兵士たちが私に身体検査をしようとしたときのことを、思い出してください」

「いいけど……」

何をしようとしているのかはわからないけど、研究所に着くまでの間、暇なので言われたまま想像してみる。

「頭の中で思い浮かべましたか？」

「おう。したけど？　ここからどうすればいいんだ」

「簡単です。私をロキシー様に置き換えるだけです」

それだけ⁉　ここも言われたとおり、してみると⁉

「ぐはっ」

俺はものすごいショックを受けて膝をついてしまった。

かなりのダメージだ。ここまでとは思ってもみなかった。

なんというか、黒い感情が湧き上がってくるのだ。

「予想以上ですね。私もそこまでとは思ってもみませんでした。ちなみに兵士たちをどうしたいですか？」

「制裁だ‼」

「やりすぎです！　それはやりすぎですって‼」

俺が向きを反転して、兵士たちがいるところへ歩き出したら、手を引っ張って止めてきた。

「ちょっと、例えなのに、なんですぐに実行しようとしているんですかっ⁉」

慌てふためくメミルを見ていたら、これ以上の演技は無理だった。

おかしくて、お腹を抱えて笑ってしまったからだ。

「アハハハハハッ……」

「あっ⁉　もしかして私……騙されたんですか⁉」

口を大きく開けて、唖然としていた。

俺のことを手玉に取ったとでも思っていたらしい。

俺はグリード、マイン、エリスという超年長者たちに揉まれまくって、ここまできたのだ。あいつらに比べたら、メミルなどまだまだひよっこだ。

悔しそうに地団駄を踏む彼女に言ってやる。

「俺を手玉に取ろうとは百年早いぜ」

「ぐぬぬ……」

「でも、素直でなによりだ。俺の妹はいい子だな」

「ふんっ！　私はフェイト様が思っているほど、いい子ではありません」

やりすぎてしまったようだ。メミルがご機嫌斜めになってしまう。

せっかく距離が縮まってきたと思っていたのに、やってしまったぜ。

なんて思っていると、メミルが爆弾発言をしてきた。

「実は私……以前にフェイト様の血を吸ったときのことです。私が吸いすぎたのと、フェイト様がお疲れだったのが重なって、気がついたらフェイト様がベッドで眠られていたんです」

「それで……？」

「声をおかけしても突いても、まったく起きなかったので」

「何やったの？」

ドキドキ……俺は一体何をされてしまったのだろう。大丈夫だ、メミルはいい子だ。いい子になったんだ。

だが、待てよ。小悪魔メミルが今もちゃんと彼女の中にいるのだ。

ぐっすりと眠っていたので、まったく気がつかなかった。

言われてみれば、血を吸われたときの何度かは途中で寝落ちしてしまった。

それでも朝起きたら、メミルの姿はなく、特に何かをされている気配はなかったはずだ。

大丈夫、大丈夫。俺は一人で納得していると、メミルはニヤリと笑った。

「起きなかったので、一緒に寝ていました」

「えええええっ、本当に⁉」

「はい、本当ですよ。夜が明ける前には起きていました。私はこれでも忙しいメイドなので」

「…………」

「大丈夫ですよ。だって、私たちは兄妹ですもの。問題ないですね。うんうん」

とんでもない大暴露をしておいて、更に一人で納得するメミル。

立ち尽くす俺を置いて、研究所へ歩いていく。

「ちょっと待ってくれ。本当は冗談なんだろ」

「あらら、早く行かないと。急ぎましょう、フェイト様」

「もう一度、さっきの話を詳しくしようか。というか……してください！」

追いかける俺に、メミルはとどめを刺してくるのだ。

「安心してください。ロキシー様には内緒にしておきます」

「えっ、ロキシーに⁉」

「はい、だっていい歳をして妹と一緒に寝ているなんて、バルバトス家の恥ですからね。

わかっておりますとも！」

「そういう問題じゃないだろ！」

いやいや……ロキシーに内緒とか……。

後ろめたいことなどないはずだ。メミルが言っていることが嘘という可能性もあるし。

それと同じくらい、否定することもできない。

こんなの八方塞がりだ。

頭を抱える俺にメミルが肩に手を置いて、優しく言ってくる。

「わかっていたことですけど、フェイト様は女性に対する耐性がなさすぎですね。脇が甘いです。うんうん」

「脇が……甘い……」

仲の良い女性が、はっきり言って少ないのはわかりきっている。この間、グリードに両手も埋まらないのかと笑われてしまったくらいだ。

耐性⁉　そんなものはないに決まっている‼

「だから、私でよろしければご協力しますよ。妹ということで問題ないでしょう、うんうん」

「うんうん、じゃない！　問題あるって！」

「よかったですね、私が妹で。もしそうではなかったら、大変なことになっていましたよ。ロキシー様の前で、ぽろりと出てしまわないように気をつけないと」

内緒にしてくれると言っておいて、なんとなくロキシーに言うことを匂わせてくる。

ふっ……なかなかやるじゃないか。

「どうしたのですか？　このように汗をかいてしまって」

あらあら、大変大変とハンカチを取り出して、額から流れていく汗を拭いてくれた。

この汗はメミルがかかせてくれたんだけどな。

また攻勢が強くなってきた気がする。ここはひとまず退散だ。

俺はそろそろ見えてきた目的地、ライネがいる研究所に向かって走り出した。

「先に行っているな」

「あっ、一緒に行っているのに、なんでそんなことをするんですか！」

「これ以上怖い妹にいびられるのはごめんだからだ！」

「それはちょっと聞き捨てなりませんね。まずはそこに正座していただけますか？」

「嫌だ！」

「フェイト様！　待ってください！」

俺は研究所へ入って、エレベーターに飛び込んだ。

ライネの研究室がある階のボタンを押すと、自動ドアが閉まり始める。

ふぅ～、これで一安心。段々と本性を現してきたメミルから、一時避難だ。

と思っていたら、閉まるギリギリで隙間から手が現れた。

「ギャアアア！」

「本当に置いていくとは酷いです！　血を吸いますよ！」

「ヒイイイ！」

「血を……血を……いただきます！」

メミルの目が鮮血のように赤く染まっている！

これは、本気で血を吸いたい衝動に駆られているときだ。

彼女がエレベーターに入ると、しばらくして自動ドアは完全に閉まった。つまり、ここは密室だ。

逃げ場なし。俺は壁際に押しやられてしまう。

「どうやら、我慢できなくなってしまったようです」

「そこをなんとかできないのか。場所が悪い」

「無理ですね。全部、フェイト様が悪いんですよ……」

ゴブリン・シャーマンとの戦いで、大きな傷を負ってしまったこともあって、体力をかなり消費してしまっていたのだろう。

耳から聞こえる荒い呼吸から、彼女が血を求めていることがわかる。

普段ならこのような場所では血は吸わせない。でも、ロキシーを助けてくれた恩がある。

ここはしかたないか……。

俺は首筋を差し出す。

それを合図にメミルは噛み付いてきた。痛みはなかった。

どちらかと言えば、気分がいい。おかしな話だ。血を吸われているというのに、そのような感覚に襲われてしまうなんて。

ライネの見解では、ナイトウォーカーの始祖は効率よく血を吸うために、抵抗されない力を持つのだという。

メミルはその力の一端を引き継いでしまっているので、似たようなことができてしまうらしい。

俺は血を吸われながら、エレベーターの階数を表すランプを見ていた。

目的の階を表示して上昇が止まると、自動ドアが開いた。

そして、向こう側から現れたのは白衣を着た眠たそうな顔をした女性だった。彼女は欠伸をしながら俺たちに言う。

「そういうことは屋敷の中でしてもらえる？」

「誤解だ、ライネ！　これはメミルに血が必要で！」

「ふ～ん」

ライネは目を細めて、自動ドアの閉まるボタンを押した。

聞く耳を持たないと言った感じだ。

「お楽しみのところ邪魔をして悪かったね。じゃあ……」

「話を聞いてくれ！」

そして自動ドアは完全に閉まってしまうのだった。

俺の血を吸いながらメミルは、ニタニタと笑っている。これは完全に嵌《は》められたようだ。

第19話　賢者の石

俺はライネの研究室で出された紅茶を飲んでいる。味は悪くない、茶葉は良いものを使っているみたいだ。

だけど、入れてもらったのがカップではない。ビーカーと呼ばれるガラス製の容器で、主に実験で溶液などを入れたりするものだった。

もう少しましな入れ物はなかったのだろうか……。

それもあって、不服そうに飲んでいたのが顔に出てしまっていたようだ。

「どうしたの？　砂糖が足りない？」

「そっちじゃない。問題はこのビーカーだよ。カップがないなら、屋敷から持ってこようか？」

「いらない。だって邪魔になるから。ビーカーなら実験にも使えるし、紅茶も入れられる便利アイテム」

「これってなんの実験に使ったのか……気になるけど、聞かない方がいいだろうな」

「さすがはフェイト、わかってる」

ちゃんと洗ってくれていれば、どのようなことに使っていたとしても問題ないはず。

俺はそう思いながら、研究室内を見回す。相変わらず、片付けをしていないため、足の踏み場もないくらい汚い。

……これは、洗っていないかもな。そんなことを思っていると、またしても顔に出てしまっていたのだろう。

「失敬な。これでもレディー。お客さんに出すものだけはちゃんとしている」

「なるほど、洗ってくれてはいるみたいだけど、ビーカーは譲れないんだ」

「そう」

ドヤ顔で胸を張って言われても困る。

もっと困っているのは、只今採血中のメミルだろう。

「早く、刺すなら刺す。刺さないなら刺さない……はっきりしてください」

注射が嫌いな彼女の、悲鳴めいた声が聞こえてくる。

なぜなら、先程からライネが針を刺そうとして、やっぱりやめて俺に話しかけるを繰り返していたからだ。

　あともう少しで腕に刺さりそうになって、目を必死に瞑《つむ》る。だが痛みがないからそっと目を開けると針は遠くへ離れている。

　それを何回もしていたので、メミルとしてはたまったものではない。

「だって、面白いんだもの」

「なんてことを言うんですか⁉」

「ほら、こうやって針を近づけると」

「ヒィィィッ！」

「そして、針を離すと」

「ふぅ～……じゃない⁉　弄《もてあそ》ばないでください」

「ごめん、ごめん。メミルのようなちょっと生意気そうな子を見ていると、意地悪したくなってしまう。もっとしてもいい？」

「ダメに決まっています。フェイト様からも言ってください！」

　助けを求めてくるメミルの声に聞こえないふりをした。俺はまだエレベーターで血を吸われたことを忘れてはいないのだ。

　ぜひとも注射器に血を吸われて、反省していただきたい。

　ライネの様子からも、日頃からこういったことをやっているようなので大丈夫だろう。

「仲いいな、君たちは」

「どこがですっ！　妹の大ピンチですよ」

「ああ……戦いの後の紅茶は美味しいな……ほっこりする」

「ちょっと聞いてます？」

「全然」

「しっかりと聞いているじゃないですかっ！」

俺はすでに悟りの境地だ。

なんせ、ライネに抵抗しても良いことにならないと知っているからだ。

されるがまま、右から左へと受け流す。

これがライネとうまくやっていく秘訣なのだ。

あれやこれやと、いちいち反応していたら、面白がる彼女を増長させてしまう。

メミルはまだまだだな。

やっと満足したライネは採血を始めた。

腕に針が刺さると、メミルの顔色が青くなっていった。

俺の血を吸うのは大好きなのに、吸われるのは心底嫌いなようだ。

「うううううぅぅぅ……まだですか？」

「まだ」

「もういいのでは？」

「足りない」

「血を取りすぎですよ。またフェイト様からいただかないと……チラリッ」

自分ではどうにもできそうにないからといって、俺を引き合いに出すとは……。

先程、エレベーターの中でかなり吸われてしまったのに、これ以上を求めてくるのか。

とりあえず、首を横に振っておこう。

「今日はもう血は無理だ。失血死してしまいそうだ」

「私だって、戦いで血をかなり失ったんですよ」

それは確かだった。

ロキシーを庇うためにオーガの攻撃を受けてしまったメミルは、重傷を負っていたらしい。

ナイトウォーカーの始祖の力で、傷はきれいに治ってはいる。しかし、再生に大量の血を消費してしまっていた。

メミルは今まで、屋敷の外では決して血を求めてこなかった。おそらく、エレベーターに乗ったところで我慢の限界に達したのだろう。

それにしても、ライネは黙々とメミルの血を採取し続けている。

すでに試験管四本分だ。

「なあ、そんなに検査に血が必要なのか？」

「検査には二本。私の実験用に二本……いや、あと一本」

「待ってください！　聞いていた話とは違います！」

「大丈夫、もうすぐ終わるから」

「ヒィィィ！」

騙されていたと知ったメミルは目で必死に抗議する。だが、ライネはどこ吹く風で採血を続けていた。

研究のことになったら、彼女はいつもそうなのだ。

父親であるムガンからも、どうにかならないものかと、よく相談されている。

次は俺の検査だから、何をされてしまうのか……恐ろしくなってしまうほどだ。

とりあえず、採血は試験管五本分だということは予想できる。今日は結構、血を失っているので控えめにしてもらいたいところだ。

でも、ライネだからな。望み薄だろうな。

「はい、終わり。この血は検査に回しておく」

げっそりとしたメミルが、やっと解放された。

血を取られすぎたのか、放心状態で椅子に座ったままだ。

声をかけても反応がないので、俺の採血は別室ですることになった。

「そこに腰を掛けて」

「ああ、やっぱり血はたくさん取るのか？」

「まあね。君の場合はメミルよりも特別だから」

「そうか……。メミルの血を実験に使うと言っていたけど、何をする気だ？」

「君のためでもあるんだよ。ちょっと面白いことを発見してね」

「えっ、なになに？　教えてくれよ」

「ダメ。まだはっきりとしてないから。その時までのお楽しみ。じゃあ、行くよ」

腕に注射針が迫ってきたので、力を抜いて受け入れる。こうすることでEの領域による抵抗をなくすことができるのだ。

初めは、このEの領域が阻んで、注射針がまったく皮膚に刺さらなかった。だが、俺自身がそれを受け入れたいと思ったら、針が刺さったのだ。

戦いにおいては、抜群の強さを発揮するEの領域。しかし治療や検査においては、通常の医療が行えないので、かなり邪魔な力だった。

「ねぇ、そのEの領域ってどのような気分？　苦しい？　痛い？　楽しい？　気持ちいい？　どう？」

ライネは採血しながら、俺に聞いてくる。

彼女はEの領域にすごく興味があるようで、こうやって事あるごとに感覚などを知ろうとする。

「普通かな。別に苦しくもないし、楽しくもない」

「ステータスが生き物として、一次元上がっているから、なにか精神的な変化もあるのかと思ったんだけど……違ったか」

半分は当たっていると思う。

なぜなら、その領域に達して心をなくしてしまったものは、崩壊現象と呼ばれ、人ではない何かに堕《お》ちてしまうからだ。

ラーファルの場合、アンデッド・アークデーモンという凶悪な悪魔になってしまった。

今回戦った、ゴブリン・シャーマンによって無理やりEの領域にステータスを上げられた人々は、オーガという怪物にされてしまったし……あまりいいことになっていない。

「私見では、心とステータスがあまりにも違いすぎてバランスが取れない、または非常に不安定になってしまうと思っている」

「当たっていると思うよ。ラーファルもそんな感じだった。それに今回のオーガたちも……」

「オーガって何？」

「検査後に言おうと思っていたんだけどさ」

血を取られながら、俺はゴブリン・シャーマンとの戦いでの出来事を説明していく。

ホブゴブの森の地下には、ガリアの技術を感じさせる研究施設があったこと。

そこで行方不明になっていた人たちが、人体実験のようなことをされていたこと。

俺とアーロンの前で無理やりにステータスをEの領域にされて、オーガという化け物に変わり果ててしまったことを話した。

「人からオーガか……魔物になるなんて興味深い。研究施設や倒したオーガはどうなったの？」

どうやら、自分の目で見てみたいようだ。

ライネはこうなったら、大好きな物を前にした子供のように目をキラキラさせてしまう。

答えるまで、ずっと同じことを訊き続けることだろう。

「研究施設は、強力な力で凍らされてしまって中へは入れないよ。オーガは倒したのが森に転がっているから、回収できると思う」

「早速、明日にでも現場に行ってみたい。それで……お願いがある」

「わかっているよ。同行だろ？」

「うん、気が利く。さすがはフェイト」

それはどういたしまして。だって、一緒に行かないと一人でも行ってしまいそうだし。

ムガンから、娘が無茶をしないように監視役を頼まれているからな。

ゴブリンたちの奇行は収まったとはいえど、あの森に危険がまったくないわけではない。

元々ゴブリンたちの巣なのだ。ライネは戦う力はないため、そんな場所に行ってゴブリンに出くわしたら、大変なことになってしまう。

「楽しみ！」

「あんまりはしゃぐなよ」

「私は君よりも年上だし。そんな子供じゃない」

鼻歌交じりに採血した血を試験管に移していく。

全部で四本か……メミルより一本少ない。

これは喜んでいいのだろうか。血を失いすぎて、軽くクラクラしてきたぞ。

「はいっ、終わり。検査に回しておく」

「ふぅ～」

「さて、次は上着を脱いで！」

「えええええっ」

「嫌がらない」

体の見た目に変化はないかを調べるためだという。ライネはベタベタと手で触って、問題ないかを調べていった。

「体には変化はないみたい。問題は……」

「血か？」

「そうね」

ライネは俺の血が入った試験管を手に取って言う。

「メミルより、君の血の方がかなり変質している。これは……もう人間のものとは言い難い」

「Eの領域だからとか？」

「それはない。だって、アーロン様は普通だった。これは君が持っている暴食スキルの影響だと思う」

「もしこのまま進行したら……？」

「体にも変質が起こると思う。そうなったら人の姿ではいられない」

化け物になるということみたいだ。それまでの時間が近づいているのだという。

今はライネがそれを抑えられないかを調べてくれているのだが。しかし、今のところは治療法は見つかっていない。

「まだ時間はある。だから諦めるのは早い」

「ああ、諦めてはいないから大丈夫さ」

「なら、暴食スキルでEの領域を喰らうことは、可能な限り控えた方がいい」

オーガを喰らったことを、心配してくれているようだった。

「あれは暴食スキルにとって、この上ないご馳走。でも君にとっては短い命を更に削る行為になっている」

ライネはメガネをかけ直しながら、俺に忠告してくる。この仕草をしたときの話は本気だと知っている。

あの時……俺は右目から血を流していた。

オーガの魂を喰らったことで、血の変質が進んで行き場をなくした血が目から溢れ出てしまったのだろう。

昔グリードも言っていた。大罪スキルは目に出やすいって……。

まずはここから変質が始まるのだろう。

「努力してみるさ。ここまでやってこれたんだし」

「……君がそう言うなら。あっ、そうそう。例の山岳都市で面白いものが見つかったという報告を受けていた」

「ラーファル関係か？」

「当たり。ブレリック家が管理していた採掘場で、新たな遺跡が見つかったわ。そこで賢者の石を手に入れたって。明日の早朝には届くみたい」

「賢者の石って⁉」

集合生命体というナイトウォーカーの始祖――シンの分体だ。

それ自体が生きており、宿主を求めて寄生する機会を狙っている危険な品物だ。

ラーファルはそれに寄生されて、最後はアンデッド・アークデーモンとなってしまった。

俺が心配そうな顔をしていたのだろう。それに対してライネは微笑みながら言うのだ。

「心配はいらないよ。人の接触はできないように、特殊なケースにいれてあるから」

「そうなのか……」

「これでもガリアの危険な物をたくさん扱ってきたからね。そこらへんはしっかりしている」

明日の朝、ライネをホブゴブの森へ連れて行くときに、採血の検査結果と賢者の石を見せてくれるそうだ。

シンの分体か……。これが本体に繋がっているのなら、やつがどこにいるのかがわかるかもしれない。そして、その先にマインもいる。

僅かな希望の光が得られてきたことに、少しだけ俺は浮かれていた。

第20話　望まぬ帰還者

翌朝、目を覚ました俺は部屋を見回す。

大丈夫だ……俺の部屋だ。入れ替わっていないぞ。

昨日ロキシーになってしまったこともあって、警戒してしまった。

原因となったゴブリン・シャーマンを倒したので、解決しているとわかっていても、確認せずにはいられなかった。

やっぱり自分の体が一番だ。

立てかけていたグリードを手に持つ。

「おはよう」

『朝から気分が良さそうだな』

「入れ替わりが元に戻ったし、マインの手がかりになりそうな物も見つかったみたいだし」

『賢者の石のことか？』

「ああ、シンの分体なんだろ」

『あれは世界中に散らばっているからな。一昔前は、治らないはずの怪我や病を癒やす奇跡の石だとして探し求める者もいたが、今では廃れてしまった。シンの分体をそう呼ぶとは、どこからかその伝承を引っ張り出してきたのだろうさ』

四千年も前からいるグリードたちと同じように、シンもその時代からいたという。

彼の口ぶりからは、ずっと戦ってきた敵という感じがした。

『分体を使ってシンの居所を探るのは良いアイデアだ。あれは本体に繋がっているからな』

「早朝にはライネの研究室に届くらしいから、それを調べればマインの行方もわかると思う」

『それで機嫌がいいわけか？』

「エリスが山岳都市で見つけてくれたみたいなんだ。信じて待っていて正解だったよ」

『あいつもたまには役に立つな』

エリスからも連絡があった。見つかった重要な手がかりは、解析に時間がかかりそうなので先に送ると。

それを言付けられたライネは、賢者の石について話した最後に教えてくれた。父親であるムガンも、エリスと一緒に帰ってくるというのに特に嬉しがる様子もなかった。

そのことについて聞いてみたら、私はもう子供じゃないと言われてしまう。そうは言っても、研究室の片付けはムガンが定期的にしているので、未だに手のかかる子供のような気がする。

「さて、準備をしていくか」

『おう』

アーロンはメミルを連れて、お城へ行っていることだろう。

彼女が許可なく聖剣を持ち出して聖剣技スキルを使用してしまった。このことについて、謝罪をするために赴くのだ。

今回の件でメミルに何らかのお咎《とが》めがあるとは思っていない。それはアーロンも同じ意見だった。

彼女が自分の利益のために聖剣技スキルを用いたわけではないからだ。王であるエリスが不在の今、この王都の管理は白騎士の二人に委ねられている。

彼女たちは頑固で強情な性格だ。エリスが言うこと以外、まったく聞かないのだ。

そして、何故《なぜ》か……俺のことを敵視しているような雰囲気がある。この前も、挨拶したら思いっきり無視されてしまった。

未だにショックを引きずっていたりする。

まあ、俺のことはいいとして、白騎士はそんな性格だけど今回だけは大目に見てくれると思う。

ダメなら、エリスが戻ってきたときに、王の権限でなんとかしてもらおう。

着替えて身支度を済ませた俺は、グリードを腰に下げる。

「よしっ、できたぞ」

『うむ』

部屋を出ようとしたとき、ドアをノックされた。

「フェイト様、起きていますか？」

この声はサハラだ。朝から元気な顔をして中へ入ってくる。

そして俺を見るや、抱きついてきた。

「……心配しました」

「ごめんな。もう大丈夫」

「はい」

まだ幼い彼女からしたら、予想を超えたことが起こって、それでもずっと溜め込んでいたようだった。

アーロンは優しい人だけど、サハラと立場が違いすぎる。メミルも元聖騎士だ。

別に仲が悪いわけではない。だけど、持たざる者である彼女はどうしても、二人から一歩引いてしまう。

これはスキル至上主義の世界で、無意識に刷り込まれてきたものだ。

俺だって暴食スキルが本当の力を発現する前は、ロキシーに同じような意識を持っていた。

別世界に生きている人たちなんだと……遠い存在だと思い込んでいた。

だけど、彼らのいる場所に近づいてみてわかったんだ。結局、何も変わらないってことにさ。

剣聖とまで呼ばれたアーロンですら、普通の人間と同じように悩みを抱えていた。助けられなかった家族、領民たちへの罪の意識に苛まれていた。

強い力、強い心を持っていたとしても、彼一人では乗り越えられないことがあった。

ロキシーだって、メイソン様を失って傷ついていたし、アイシャ様の命がそう長くないことに薄々気がついていて……怯えていた。

メミルもそうだ。ラーファルに裏切られてブレリック家を失い、行き場をなくしたとき、心細かったと思う。

もしかしたら、スキルという目に見える壁が、人をより遠ざけてしまっているのかもしれない。

サハラの頭を撫でながら、そんなことを思わずにいられなかった。

「すみません、フェイト様」

「謝ることはないよ。さあ、朝食にしよう！」

「はい！　今日はフェイト様の大好きなサンドイッチですよ」

「おおっ！」

「ロキシー様に負けないくらい頑張って作りました」

「それは楽しみだ」

ロキシーは俺によくサンドイッチを作ってくれるからな。それを見ていたサハラが、俺はサンドイッチが大好きだと思ってしまったようだ。

まあ、ロキシーのおかげで大好きになってしまったんだけどな。

食堂に行った俺たちは、二人で並んでサンドイッチを食べる。ん⁉　これは……美味しいっ‼

「鶏肉が入っているのか」

「フェイト様はお肉が大好きですから、照り焼きチキンと、レタスを挟んでみました！」

「天才だっ！」

お世辞ではなく、本当に美味しいのだ。

しかもサハラは、メイドになってから料理を始めたらしい。数ヶ月でここまでの味が出せてしまうとは……。

これはもう料理の才能がある。これはスキルの恩恵なしの、彼女自身のものだ。

ロキシーには悪いけど、サハラの方が……いや、これ以上は考えないでおこう。だって、ロキシーが毎回のように作っているサンドイッチよりも、見よう見真似で作ってアレンジした方が美味しいなんて……言えないよ。

俺に褒められたサハラは、物凄く慌てるように首を横に振った。

「いえいえ、私はまだまだです！　修業中なので」

「へぇ〜、修業しているんだ。誰から教わっているの？　孤児院のシスター？」

元々サハラは孤児院の出なので、てっきりシスターから教わっていると思ったけど、それは違っていた。

「フェイト様が行きつけの酒場のマスターさんです」

「おっ⁉　……えっ……そうなの？」

「はい。アーロン様に料理を教われる場所をお聞きしたら、マスターさんを紹介していただきました。そこならフェイト様好みの料理が学べるということで」

知らなかった……そういえば、サハラが孤児院のお手伝い以外で、屋敷からいないときもあったな。その時に、酒場のマスターの下で教わっていたのだろう。

「週二くらいで、お店を手伝いながらです。たまにウエイトレスもやっています」

「えええええっ！」

どんどんと彼女は成長していっているような気がする。

人買いにさらわれて、ハドに売られかけていた頃のサハラの面影はどこにもない。自信に満ちた顔をしていた。

もし、そのきっかけに少しでも力になれたのなら、心から良かったと思える。

「今度、酒場にサハラの働きぶりを見に行っていい？」

「それは……ちょっと……」

「ん？　ダメかな？」

「まだまだ修業中なので、もう少し待ってください！」

顔を真っ赤にして断ってくるサハラ。まだ、ダメそうだった。

ウエイトレスとして頑張っている様子とかを見てみたかったのに残念だ。

でも……マスターならサハラのことを任せて大丈夫だ。俺のことはいつもおちょくるが、気の良い人だ。

少々強面《こわもて》だから、初めて会った人には勘違いされやすいけどさ。

お金がなかったときに、余った料理を分けてもらっていたのを忘れることはできない。

「でも、マスターさんから一人前と言ってもらえたら、ご招待しますね！」

「ああ……その時を楽しみに待っているよ」

「はい！」

サハラが作ってくれた朝食は文句なしに美味しくて、あっという間に平らげてしまった。

お腹が満たされた俺は、ライネが待つ軍事区へ行くことにした。

今日はサハラが孤児院でお手伝いをする日だったので、送った後にしようと思っていた。

しかし断られてしまった。

王都内くらい自分の足でちゃんと行けるようにしたいそうだ。

人攫いに拉致《らち》されたトラウマも、徐々に克服しようとしているのだ。

そんな力強い目で言われてしまっては、何も言うことはできない。

「わかったよ。だけど、これを見える位置に付けておくこと。これは約束だよ」

「これはバルバトス家の紋章ですね」

「聖騎士の関係者に手を出す者はいないさ。それもこの国の五本の指に入る聖騎士のね」

「ありがとうございます！」

俺が身につけていた紋章が刻まれたバッチをサハラに渡す。これが、俺の代わりに彼女を守ってくれるはずだ。

嬉しそうにサハラはそれを受け取って、服の胸の辺りにつけた。

屋敷の前で、元気よく走り出す彼女を見送る。

「行ってきます！　フェイト様！」

「いってらっしゃい」

もう……サハラの無邪気な笑顔も、見られなくなってしまうときが近づいているのか。

そう思うと、すごく寂しかった。

手に持っていたグリードが《読心》スキルを通して言ってくる。

『そんな顔をしている場合か。嫌ならここにいることもできるぞ』

「ないよ、それは。でも、今回はちゃんとしてから、行きたいんだ」

見えなくなってしまうまでサハラを眺めていた。

さあ、俺もそろそろ歩き出そう。

軍事区へ向けて進んでいると、向こうから見知った人が歩いてくる。

その人は俺を見るやいなや、愛想よく微笑んだ。

「メイソン様、おはようございます」

「おはよう、フェイト。アーロン様はご在宅かな？」

「いいえ、お城へ行かれています」

「そうか……残念だ。日を改めるかな」

そう言いながら、メイソン様は顎をさすりながら思案していた。そして、俺を見てニヤリと笑う。

「ところで、フェイト。少しだけ、私と話す時間をもらえるかな？」

「俺とですか？」

「もちろんだ。バルバトス家の当主と話をしたい。ダメかね？」

「いいえ、そんなことはありません。ぜひ！」

「ありがとう」

メイソン様は自分の屋敷に入ることなく、聖騎士区にある大きな公園に向けて歩き出した。

「すまないね。屋敷に戻るとアイシャやロキシーに捕まってしまうから」

「二人共、メイソン様が戻られたから、とても喜んでいましたよ」

「そうか……」

どことなく、メイソン様の言葉に力を感じなかった。

早朝だからだろうか。公園には誰一人おらず、木々にとまった小鳥のさえずりだけが聞こえてくる。

「ここに座ろうか」

二人がけのベンチに並んで座る俺とメイソン様。

俺はロキシーの父親である彼に、どう取り繕っても内心で緊張していた。それは、メイソン様にいとも簡単に見抜かれてしまったようだ。

「そんなに固くならずに、身を楽にしてもらえると嬉しいかな」

「すみません」

「謝ることはない。君には助けられてばかりさ」

「メイソン様……」

「私を殺した天竜から、ロキシーを守ってくれたそうだね」

「あれは……俺が勝手にしただけです。それに……」

結局、自分のためでもあった。暴食スキルでどうにもならない俺は、彼女に助けを求めてしまっていたのだ。

「守ると言って、最後は守られてしまいました」

「ロキシーはそのようなことを言っていなかったよ。私には興奮気味にいろいろと言っていたよ。もちろん、良い方向にだよ」

「そうですか……」

ホッとする俺にメイソン様は笑顔で、その内容についてはロキシーから聞いてごらんと言われた。

娘が父親だけに言ったことを、そのまま俺には教えられないそうだ。

たしかにな……二人だけの会話の内容は、たとえ俺の話だって言えないな。

「こうやって話しているとよくわかる。ロキシーの言うとおりの男のようだ」

「良い方向で、ということですか？」

「もちろんさ。それに、アイシャの病気も治してくれたそうで、このとおり感謝してもしきれんよ」

メイソン様は立ち上がると、俺に深々と頭を下げる。

こればっかりは、慌ててそのようなことをしないでほしいとお願いする。

民のために尽力されていたメイソン様。俺はすごい人だと尊敬していた。

だからそのような人に頭を下げられるなんて、俺はそこまでの人間ではない。

「私はね。天竜の咆哮《ほうこう》によって消し飛ぶ前に、心残りがあったんだ。私の跡を継ぐことになるだろうロキシーと、不治の病に蝕《むしば》まれているアイシャさ。だけど、この不思議な現象で生き返り、急いで戻ってみれば、すべては解決していたわけだ。それを知ったとき、私は心から救われた気になったよ」

彼は手を出して俺に握手を求めてくる。握り合ったその手は、とても温かくて間違いなくメイソン様は生きていると実感できた。

褒められすぎて、慣れていない俺はなんとも落ち着かない感じだった。

メイソン様は手を握ったまま、何気なく言ってくる。

「ところで、アイシャから聞いたのだが……昨日の朝、ロキシーの部屋で、ロキシーとアイシャを押し倒したそうじゃないか？　そして、目撃した使用人のハルまでも毒牙にかけようとしたとか？」

「ふぁ⁉」

「そのことについて、じっくりと聞きたいので、もう一度座ってくれたまえ」

今までの顔が嘘のように変わって、アイシャ様の夫の顔……そしてロキシーの父親の顔になっていく。

どこから弁解したらいいんだ。

アイシャ様にしてやられたのだ。たぶん、メイソン様は昨日、俺とロキシーが入れ替わったことをまだ知らないんだ。

イタズラ好きの彼女のことだ。こうなることをわかっていて、うまく情報統制を敷いている。ロキシーは話したいことがいっぱいあって、まだ昨日の出来事まで話せていないのだろう。

これは……やばいぞ。

「さあ、ゆっくりとアイシャとロキシーを押し倒したこと、しかも娘の部屋でっ！　そしてハルにまで手を出そうとしたことを、話してもらおうかな。フフフフフフッ……」

「誤解です！　聞いてください！」

「聞こうじゃないか、さあ。場合によってはこの聖剣を引き抜かねばならないがね」

「⁉」

これは、誤解を解くのに時間がかかりそうだ。ライネに会う予定時間まで十分余裕がある。

俺はベンチに再度腰を下ろして、昨日起こった入れ替わりについてメイソン様に一から説明するのだった。

第21話　招かれざる者

多少しどろもどろになりながらも、なんとかメイソン様の誤解を解くことに成功した。

ホッとしている俺に、彼は苦笑いしながら言う。

「なるほど、アイシャにも困ったものだ。昔から私はよく騙されてしまう」

アイシャ様のイタズラ好きは、もしかしたらメイソン様が原因かもしれない。すぐに鵜《う》呑《の》みにしてしまうからだろう。

「魂の入れ替わりの魔術とは……。それに絶滅したはずの古代の魔物が行使したとはな。この世界は一体どうなってしまったのだろう」

「まだ明確な原因はわかっていません」

おそらく、マインが求め続けていたという彼の地への扉が引き起こしているらしい。だけど、予想に過ぎないのでメイソン様には言えなかった。

それに俺は彼の地への扉が一体何なのかすら、わからない。メイソン様に話して、そのことを聞かれても答えることができないのだ。

「その異変のおかげで、私も帰ってこられたのなら感謝するべきなのだろう。だが、それで良かったのかといえば、必ずしもそうとは言えないかもしれない」

「どうしてですか？」

生きて帰って来られたというのに、それを否定するようなことを言うなんて、わからなかった。

不思議そうな顔を俺はしていたのだろう。メイソン様は少しだけ困った顔をしながら教えてくれる。

「私のいなかった時を引き戻してしまったようでね」

「戻してしまった？」

「そうだよ。私が死んだことでハート家の者たちは、心のどこかが傷ついてしまったかもしれない。だが、それを乗り越えようと皆が頑張ってきたはずだ。ロキシーはハート家の家督を継ぎ、今ではハート家をしっかりと率いている。アイシャもそんなロキシーを彼女なりに支えようとしている。だが、私が帰ってしまったことで、昔に戻ってしまうかもしれない。それが怖ろしいんだよ」

「俺は……そうだとしても、メイソン様がハート家にお戻りになられたことは良かったと思います。だって、もう逢えるはずのなかった肉親を前にして、帰ってこない方が良かったなんて絶対に言えないですよ」

「ありがとう、フェイト。そう言ってもらえて、嬉しいよ」

メイソン様は再度立ち上がって、俺へ握手を求めてきた。

「この場にアーロン様もいれば、より良かったのだがね。今度、遊びに来てくれ。歓迎するよ」

「はい、ぜひ行かせていただきます」

出された手を握って、メイソン様と別れた。

軍事区へ向けて歩き出そうとしていると、後ろから声がかかる。

「世界がおかしくなりつつある。君はこれからどうするつもりだい？」

「その原因がわかり次第、ここを旅立つ予定です」

「……そうか……そうだな」

もし、俺が原因を解消した場合、おそらくメイソン様はこの世界からいなくなってしまうだろう。

だけど、そのことについて彼が何か言うことはなかった。ただ、深く頷くばかりだった。

「私に気をつかっているのなら、気にすることはないよ。元々、死んでいるのだからね。

だから、それまでの間は、この奇跡を思う存分に楽しませてもらうよ」

「メイソン様……」

「私が怖れているのは、蘇りがもっと増えていくことだ。世界中が大混乱するだろう。おそらく、古代の魔物も私のように甦ったのなら、私たちが考えている以上に怖ろしいことになるだろう」

本当に考えたくもないことを言われるな。

古代の魔物がこれから復活していけば、王国は終わりだ。

なんせ、あの魔物たちはステータスがEの領域の場合があるからだ。

この世界で生きた天災とまで呼ばれた天竜。それと同じようなステータスを持った魔物が跋扈《ばっこ》してしまう。それは想像しただけでも怖ろしいことだった。

「笑えない話だろ？」

「まったく笑えないですね。むしろその逆です」

「私の予想だけどね。生き返った私だからこそ、感じるんだよ」

たしかにメイソン様が言ったことは、定かではない。だけど、俺もそう思えてしまう。

早く軍事区へ行って、賢者の石を調べてみる必要がありそうだ。その先に、この元凶がいるはずだ。

その時、大きな爆発音が王都中に鳴り響いた。

耳をつんざくような音がした方向を見れば、軍事区の方からだった。

黒き煙が立ち昇っている。

同じくして、大きな氷柱が現れた。

聖騎士区と軍事区を隔てる壁は、見上げるほどの相当高い壁だ。

その壁を優に越える氷柱が、次々と天へと向かって突き上がっていった。

「あれは……まさか……」

「フェイト！　あの氷柱はいったい……」

「ここにいてください」

「君の様子を見れば、よくわかる。天竜を倒した君が危険だというのなら、私には手も足も出ないだろう」

「すみません……」

「謝ることはない。屋敷に戻り、いざという時に備えることにしよう」

メイソン様はそれ以上何も言わずに、俺とは反対方向へ進まれた。

俺は駆け出す。軍事区への高い壁を飛び越えて、中へ入った。本来なら、門を通って行くのが決まりだけど、そんな悠長なことを言っていられない。

「建物が……凍っている」

『気をつけろよ、フェイト』

「わかっているさ」

二十階建てのビルがそのまま氷漬けにされている。それもいくつもだ。

中にいた人たちは生きているかもわからない。

軍事区にあるこの高層ビルは、ガリアの技術を応用して作られているという。黒い壁は特殊な素材でできており、燃えないし、凍らないし、溶けないはずだ。

だけど、目の前にあるビルは凍っていた。

『同じようにガリアの技術を用いたのだろうさ。しかも、強力な物だ』

「グリードに心当たりは本当にないのか？」

『わかっていたら、ホブゴブの森で攻撃されたときに言っている。すべてを凍らすか……』

グリードはこれについては何も知らないようだった。

『ガリアの技術で作られた……俺様のような武器かもしれん。となれば、後継《こうけい》だろうな』

「気配は感じない」

『ライネのところへ急いだ方がいいな』

氷柱は、彼女がいる研究所を辿るように鎮座《ちんざ》している。まさか……。

逸《はや》る気持ちを抑えて、走っていく。

途中、氷漬けにされてしまった兵士や聖騎士が目に入った。

有無を言わせずに、いきなり氷漬けにされたようだった。取り押さえようと近づいたときに、そのまま凍らされたみたいだ。

先に進めば進むほど、温度が少しずつ少しずつ下がっていくように思えた。

春間近だというのに吐き出す息は白くて、目の前をうっすらと曇らせる。

その侵入者と思しき者の足取りは、俺と同じだった。

やはりライネがいる研究所だ。

入り口の自動ドアは開いたまま、凍りつき動きを止めている。中へ踏み込むと、警備していた兵士たちが、ここでも氷の壁に取り込まれていた。

「まずいぞ」

『急げ、フェイト』

黒剣を引き抜いて、エレベーターに乗ろうとするが動かない。

この氷によって、何らかの障害が起きているのかもしれない。

『向こう側に非常階段があるぞ』

「おう」

ステータスを引き上げて、一気に駆け上がった。

そして、ライネの研究室がある階にたどり着く。

これは……一階よりもひどい有様だった。

おそらく賢者の石が搬入されたところだったようで、沢山の兵士や聖騎士たちが護衛していたようだ。

皆が動きを止めて、静かに凍りついていた。

「寒い……」

俺のEの領域の結界を越えて、身を切るような寒さを感じさせる。この先にいる者は、間違いなく俺と同じ領域にいる。

グリードを握りしめて、警戒しながらゆっくりと先に進む。

やはり、それはライネの研究室に入ったようだ。

自動ドアは寒さで機能していない。しかたなく、黒剣で斬り飛ばして中へ入った。

「嘘だ……」

そいつは俺の知る人物だった。

左手には気を失ったライネを抱えており、もう片方には血のように赤い石を握っている。

嘘だ……嘘だ!?

彼はただ無表情に俺に近づいてくる。

「フェイト、久しぶりだな」

「父さん……」

「大きくなったな。……これも契約なんだ」

子供の頃の記憶にある父の顔。少し髪が伸びているだろうか。だが間違いなく俺の父親、ディーン・グラファイトだった。

しかし額から目にかけて入る、赤い入れ墨だけが違っていた。

それが優しい父さんの顔と相反するものを感じさせる。

父さんは黒剣を向けているにもかかわらず、余裕だった。

俺の方が動揺していた。

「これは……どういうことなんだ」

俺が訊いても何も答えてはくれない。ただゆっくりと口を開くだけだ。

「このまま行かせてもらおう。この子に怪我をさせたくなければ」

「……父さん、なんで……」

ライネを人質に取られてしまったこともあったし……それ以上に俺の心が動けなかった。

父さんは虚空から黒槍を取り出す。シンが持っていたものと違う形状の槍だった。

それを後ろの壁に向けて、振るう。すべては凍りついて、砕け散る。

部屋に大きな穴が空くと、そこからライネを連れて飛び降りた。

「くそっ……なんでだよ」

父さんを追って、下を覗き込むが……。分厚い氷の壁によって遮られてしまう。

黒剣で断ち切ろうとするが、歯が立たない。斬っても斬っても再生するからだ。

「ライネっ！」

『落ち着け、フェイト。お前は死んだ父親と会って酷く動揺している。しかも、この惨状を作り出したのが父親だという現実にもだ。伝わってくる脈拍がとても乱れているぞ』

「だって……」

『ライネは大丈夫だ』

「なんで、そんなことがわかるんだ」

『見ろ、周りのビルを、氷柱が溶けていくぞ』

ゆっくりとだが、溶けないはずの氷に異変が起こっていた。

水が蒸発するみたいに氷が気化していく。

廊下から人の声も聞こえ始めていた。

兵士や聖騎士たちは、生きていたようだった。

『殺してはいない。ただ凍らせただけだ。なら、ライネにも危害を加える可能性は低いだろう。それにお前の父親は、こう言っていたはずだ。契約なんだと』

「何かによって強制されているってことか」

『そうかもしれないってことだ』

氷が蒸発し終わった頃には、父さんは追跡できないくらい遠くへ行ってしまったようだった。ライネは解放されることなく、一緒に連れて行かれてしまった。

おそらく、父さんの目的は賢者の石とライネだったんだ。ライネの父親であるムガンには、なんて言ったらいいのだろうか。

俺はぽっかり穴の空いたライネの研究室で、ただ立ち尽くすことしかできなかった。

メイソン様に会って俺は浮かれていたのかもしれない。もしかしたら、俺も死んだ父親……母親にも会えるかもしれないって。

賢者の石はシンの分体だ。それを求めて来たというのなら、父さんはシンの仲間にさせられているかもしれない。またはそれに関係する者……なのだろうか。

悩む俺に、グリードは珍しく優しい声を掛ける。

『お前の父親に敵意はなかった。あったなら、ホブゴブの森で氷漬けにされているだろうさ』

「ああ……ありがとう。グリード……少し落ち着いてきたよ」

『せっかくの予定が台無しだな』

まったくそのとおりさ。

シンの行方からマインのいる場所を知ろうとしたら、このざまだ。手がかりを奪われて、ライネまで攫われてしまった。

空いた大穴から春の風が吹き込んできていた。

あれほど冷え切った部屋が暖かくなっていくのを感じながら、部屋を出ていく。

そこに、異変を知った白騎士の一人がやってきた。早いな……ラーファルの一件があってから、彼女たちも警戒していたのだろう。

「フェイト・バルバトス。良いところにいましたね。お城で今回の件について事情を説明していただきます。ついてきなさい。直にエリス様もお戻りになります」

「……」

俺は黙って白騎士に従う。エリスにも今の状況を知ってもらい、この先のことを考えたい。父さん……。

それは俺が願っていた再会とは程遠いものだった。

第22話　送り出す者

白騎士に連れられてお城へ向かう。先に歩く彼女は黙々と進んでいく。

なんというか……この重い空気が苦手で、気を紛らわせようと話しかけてみる。

いつもなら無視されてしまうのだが、今回は違ったようだ。

「エリスはいつ戻りますか？」

「……もうすぐです。あと一時間ほどでしょう」

「すごいですね。どうしてそんなことがわかってしまうんですか？」

「その答えはあなたも知っていると思いますが」

「えっ……」

そう言われても心当たりはなかった。首をひねっていると白騎士に笑われてしまった。

「本当にあなたは何も知らないんですね。グリードからいろいろと聞いていないんですか？」

「このひねくれ者が、簡単に教えてくれるわけがないですよ」

「たしかに……グリードはエンヴィーよりもひどい性格だと、エリス様から聞いたことがあります」

フルフェイス型のヘルムで素顔はわからないけど、とても同情されたような気がした。

それを言われたグリードは、否定してプンプンと怒っている。

あの陰険なエンヴィーよりもひどいとはどういうことだ……という声が《読心》スキルを通して聞こえてきてうるさかった。

白騎士は立ち止まって、目の前に聳え立つお城を見上げながら教えてくれる。

「あなたとアーロン・バルバトスの関係と同じですよ。いや、それよりも少しだけ進んだ絆です」

「それはエリスとの絆なのですね」

「ええ、気が遠くなるほど昔の話です。二人でエリス様と共に生きようと誓ったことは、今でも忘れることはできません」

この王国はエリスとエンヴィー、白騎士の二人で始まったという。

ガリアという国が崩壊して、行き場をなくした者たちが溢れかえったらしい。その人たちが集まってできた小さな町が、この国の始まりだったという。

エリスの色欲スキルの力によって、どうしても人を惹き付けてしまうことが理由だったようだ。

「ああ見えて、エリス様はお優しい方ですから。それにあなたの前に暴食スキルを所持していた男との約束でしたし。残された者たちを率いて、王国を興したのです」

「あの……その前の暴食スキル保持者ってどのような人だったんですか？　ほら、グリードはあんな感じだし。エリスは一切教えてくれないし……マインに至っては忘れたって言うんですよ！」

本当にみんな……なんだかんだ理由を作って口をつぐむのだ。

俺が相当困った顔をしていたのだろう。白騎士はため息を一つ吐いて少しだけ話してくれる。

「あの人は皆の希望でした。でも……最後は……私も思い出したくはないです。あなたにはなぜか面影があります。エリス様はあの人に似ているあなたに、昔を重ねているのでしょう」

「エリスとその人の関係って」

「幼い頃に、私も含めてあの人に助けられたのです。それ以降、ずっとエリス様にはあの人……あなたの前にいた暴食スキル保持者だった人だけです。この王国も彼の理想を形にしようとしていました。ですが、当の本人がいないのでは、うまくいかないものですね」

昔の王都周辺は強い魔物が多かったそうだ。それに対処するために聖剣技スキルを持つ聖騎士たちを主軸として、王国を発展させていったという。

結局、それがすべての原因ではないにしても、強力なスキルを持つ者が正しいというスキル至上主義が育まれていってしまう。

でも一概にこの王国が悪いとは言い切れない。なぜなら、差別はあっても、人の暮らしは少なくとも守られていたからだ。

良くも悪くも、ガリア崩壊後の世界で、エリスが作った王国は行き場をなくした者たちの受け皿になったのだ。

「すべて正しいなんてことは、俺たちには無理だから」

もし、王国という人々をまとめる枠がなければ、どうなっていたのか……俺にはわからない。

ロキシーから教えてもらった言葉。私たちは人間なのだから間違いは犯してしまう。だけど、そればかりを思って立ち止まっていては、何もできなくなってしまうとも。

「うまくいかないことでも、まだ終わったわけじゃないんだし。これからまた始めればいい」

そう言うと白騎士にじっと見られてしまった。ちょっといい加減だったかもしれない。

まずかったかな……なんて思っていると、

「まさか……あの人と同じことを言うとは、思ってもみませんでした」

似たような言葉を過去のエリスたちに向けて言ったそうだ。それから、最後が来るまでずっと彼女たちの側にいたそうだ。

「エリス様が、あなたに執着する理由がわかったような気がします」

「これは、ロキシーから教えてもらったことです。俺はそれを借りただけで」

「借りた言葉ですか……でも受け入れたのなら、それはもうあなたのものでもあります。私と今はここにいない姉とエリス様が、あの人に出会って変わることができたように」

白騎士はお城を見上げるのをやめて、歩き出した。

「もしかしたら、あなたは……彼の……」

「ん？」

「いやそんなはずはないですね。忘れてください」

独り言のように言った内容は、何も聞き取れなかった。

それに彼女からそう言われてしまえば、知りたくても追及はできない。俺は彼女の後を黙って付いていく。

少しでも、話をしてもらえただけでも嬉しかった。

お城の中へ入っていくと、アーロンとメミルが出迎えてくれた。そしてもう一人の白騎士が待っていた。

「おお、フェイト！　またしても軍事区で騒ぎがあったようだな。儂も行こうとしたのだが……」

アーロンはすぐ横にいる白騎士を見ていた。おそらく、ここで待機するように指示されたのだろう。

このような事態に、いち早く飛んでくる彼が来ないことに疑問を覚えていた。その理由がわかった気がする。

「アーロン・バルバトスはここで待機させました。調書によると昨日はホブゴブの森で相当暴れたみたいですから」

「いやはや……」

あのアーロンが、白騎士の前ではたじたじになっている。このような彼は初めて見たかもしれない。

「あなたはこの国の未来に必要な人材です。もう無茶をしてはなりません」

「それは……」

戦い大好きなアーロンにとって、これはとても厳しい命令だった。

がっくりと肩を落とす彼を横目に、メミルのところへ。

「どうだった？」

「はい、今回は大目に見てもらいました。意外にお話がわかる方々で良かったです」

「そっか、良かったな。俺には厳しいのにな……」

「あぁぁ……それはフェイト様ですから。そうですよね、皆様！」

白騎士の二人が盛大に頷いていた。そして、アーロンまでも頷いているではないか⁉

「じゃあ、私も頷きますかね。うんうん！」

「おいっ！」

酷すぎる……多数決にされたら、もう勝ち目がない。

最近、フェイトだからしかたないという言葉が、俺の周りで流行《はや》っているような気がする。

ロキシーにも、グリードにも、サハラにも……あげればきりがないぞ！

頭を抱えていると、後ろからもその票に一票を投じようとする者が現れた。

少しの間だったのに、久しぶりに声を聞いたような気がする。彼女は青い髪を揺らしながら、歩いてくる。

「ボクもそう思うね」

「エリス！」

「やあ、ただいま。どうやら、ボクがいない間にいろいろあったようだね。君は本当にトラブルメーカーだね」

ラーファルの足跡を辿って、北の山岳都市に赴いていた彼女が戻ってきたのだ。

予想よりもかなり早いと思っていたら、一緒に行っていた者を残して一足先に帰ってきたようだった。

「王都の方角から嫌な気配を感じたからね。急いだけど……どうやら間に合わなかったようだね」

女王のご登場に、俺以外の者たちが跪《ひざまず》く。

白騎士の二人が、俺が立ったままでエリスと話すものだから、無礼だと怒っていた。

白槍を使って俺の足をツンツンとしてくるので躱《かわ》していると、エリスに笑われてしまった。

「おやおや、ボクの知らないところで仲良くなったみたいだね」

「「違います!!」」

物凄く否定されてしまうと、それはそれでショックだ。

なんだよ……さっきは、少しだけ昔話をしてくれたじゃないか。俺はそれでてっきり距離が縮まったと思っていたよ。

恨めしく思って見ていると、逆に睨まれてしまった。

その程度で私たちが気を許すとでも思ったか！　調子に乗るな！　という眼光だ。

歳を重ねると人は気難しくなるって聞くけど、まさにこのことだな。

アーロンを見習ってほしい。大昔から生きている人たちみんなが、あんな気さくな爺さんになればいいのに。

というのは無理な話なのだろう。

まず、白騎士たちの主であるエリスが変わり者だからな。困ったものだと思う俺に、彼女は抱きついてきた。

「なんていう悲しそうな顔をしているんだい。ああ、わかった。ボクと離れ離れになって寂しかったんだね！」

「やめろって」

「嫌よ嫌よも好きのうちってやつだね」

「なんて、身勝手な解釈⁉」

まとわりつくエリスを引き離していると、アーロンが咳払いをして声をかけてくれる。

「エリス様、今は大事な時です。そのようなことは、後でお願いします」

「しかたないな～」

やめるようにではなく、後にするようにと言っておさめるところが、手慣れている。アーロンは既にエリスの扱いが、わかってきているようだった。

でも、それでは話の後で、またまとわりつかれてしまうんだけど……。

お城の一階にある大広間で話をすることになった。歩き出す俺の袖をメミルが少しだけ引っ張って言う。

「私はお邪魔のようなのでこれで……」

「いや、メミルにも聞いてほしい」

「えっ、いいんですか？」

「もちろんさ。だって、これから俺が何をするかを見ていくんだろう」

「……はい」

大広間に置かれた大きなテーブルに座っていく。

俺の右隣がアーロン。左がメミル。向かい側にエリスが腰を掛けた。白騎士たちは彼女を挟み込むように立っている。

「では、話を聞こうじゃないか」

「そうだな。まずはゴブリンたちに異変が起きて、ロキシーたちと調査に出たところからだな」

俺は思い返しながら、エリスに話し始めた。

ゴブリンたちの異常な行動は、古代の魔物であるゴブリン・シャーマンによって引き起こされていたこと。

その魔物によって、俺とロキシーの魂が入れ替わってしまい、元に戻るためにアーロンやメミル、ミリアの力を借りてなんとか乗り切ったこと。

「戦いの場だったのはホブゴブの森。その地下には、ガリアの遺跡があったわけかい？」

「ああ、エリスは知っていたの」

「いや、知っていたらそのままにはしないよ。おそらく、地下にあったのなら、ただの研究施設ではなさそうだ。調べてみたいけど、その様子では無理そうだね」

「溶けない氷によって中には入れないようにされている。それをしたのは、俺の父さんだった」

その言葉にアーロンがいち早く反応した。

「死んだと聞いていたが……もしや」

「はい、おそらくメイソン様と同じかと思います」

「そうか……氷使いならば、先程軍事区で起こったことも……」

「父さんでした。賢者の石とライネを連れて行かれました。……すみません」

エリスは黙って聞いていた。そして天井を見ながら、大きく深呼吸をした。

「絶滅したはずの魔物が蘇る。死んだ者が戻ってくる。思ったよりも早かったね。だけど、まだ間に合いそうだ。扉はまだ開ききっていない」

「彼の地への扉は、死者蘇生の力を持っているのか？」

「それは一端に過ぎないよ。それに誰も彼もが蘇れるわけではないよ」

「ゴブリン・シャーマン、メイソン様、父さん……には共通点があるわけか」

「簡単だよ。未練があって、この世に魂が留まっていることが条件だね」

ゴブリン・シャーマンは、何かこの世界の人間に憎しみを抱いていた。メイソン様は残された家族が心配だった。

なら、父さんは……もしかしたら……。

ロキシーを追ってガリアに向かうときに立ち寄った故郷。そこで、墓参りをして伝えたいことは言えたはずだった。

しかし、それはこの世に留まっていた父さんには届かなかったようだ。

それに、父さんの真意は、幼かった俺には見据えることなどできなかったはずだ。真実はもう一度会って聞くしかない。

俺の横では、生き返る条件を聞いたアーロンが、どこかホッとしていた。

「先程、死者蘇生は力の一端だと言われましたな。その先があると」

「残念ながら、知らないんだ。なんせ彼の地への扉は、前回は開く前に暴食スキル保持者によって閉じられてしまっているからね」

「俺の前の人か……」

「そうだよ。命と引き換えにね」

以前、グリードが言っていた。前の暴食スキル保持者はすべてを解放して、死んだと……。

俺は彼がどこで散ったのかを、やっと知ることができた。

彼の地への扉だ。

残された時間で、ここまで身につけてきた力をどうすればいいか、ずっと悩んできた。

グリードが《読心》スキルを介して言ってくる。

『決めてしまったようだな』

「ああ……」

大方の話は終わり、明後日にはシンの行方を追うことになった。その先にマインもいる。

そして、父さんも……連れ去られたライネもだ。

エリスは、賢者の石を王都へ送る前に自身で少しだけ調べていたそうだ。だから、およその場所なら把握できているという。

「本当に信じていいのか？」

「任せておいて、ほらボクの黒銃剣エンヴィーは精神系を操るのが得意なんだ。それを使って、シンの分体である賢者の石に干渉して調べたわけだよ」

腰に下げている黒銃剣を見せてくるエリス。この前よりは、元のように仲良くなってきたのかもしれない。

「王都でじっくりと調べたかったけどね。うまくいかないものだよ」

「で、場所はどこなんだ」

「驚かないで聞いてほしい。アーロンもメミルもだよ」

そこまで前置きをしておいて、一体どこなのだろう。

俺たちは少し不安だった。それを見てエリスは申し訳なさそうに言う。

「シンは、バルバトス領のハウゼン……その近くにいる」

言葉が出なかった。

やっと復興の目処《めど》が立ち、発展を始めていたハウゼン。その近くにシンという化け物が潜んでいるという。

まさか、探していた者が意外に近い場所にいる。灯台もと暗しとはこのことだろう。

エリスは動揺するアーロンに向かって言う。

「領地に危険が迫っているのはよくわかるけど、君にはここを守ってもらおうと思っている」

「しかし、それでは」

「わかっている。だが王都にもオーガのような魔物が現れてしまったらどうする。これからたくさんの異変が起こっていく。白騎士たちでは手が足りない恐れがある。逃げ場となる王都だけは死守しなければならないことは、君だってよくわかるだろう」

アーロンは何も言わなかった。過去、王国のために尽力して領地にほとんど戻れなかった。

そのために【死の先駆者】リッチ・ロードにハウゼンを乗っ取られ、結果、愛する人たちを彼は失ってしまったのだ。

また、繰り返すわけにはいかない。そう思うのは当然だろう。

アーロンは苦虫を噛み潰したような顔でテーブルを見つめていた。

そんな彼にエリスが優しく言う。

「今回はボクが行く。これでもかなり力を取り戻したからね」

「エリス様が自らですか⁉」

「うん！　だからアーロンには、ボクの代わりにここを守ってほしい」

王命とあれば、従うしかない。彼は聖騎士として王都に戻ってきたのだ。

アーロンはエリスの決定に素直に従う。しかし、彼は一つの提案をした。

「エリス様にお願いがあります。旅立つ前にこのアーロン・バルバトスと、息子であるフェイトとの手合わせをしたく思います。つきましてはエリス様に立ち会っていただきたいのですが、よろしいでしょうか？」

俺は手合わせと聞いて、アーロンを見る。

本気の顔だ。手合わせなんて、生半可なものではない。

アーロンの申し出に、エリスは少しだけ悩んだ後に頷いた。

「いいよ。場所はそうだね、広い所が良いよね。そうだ、ゴブリン草原にしようか。時間は明日の朝」

「ご配慮、ありがとうございます。フェイトも良いな？」

「アーロン……」

「いくら口で語ったところで、儂らは武人だ。やはり、語るならこれでないとな」

彼は新調した聖剣を叩いてみせる。たぶん、アーロンは気がついているのだ。
俺がもうここへ戻っては来られないことを……。

第23話　アーロンとの別れ

夜はあまり眠れなかった。

今日はアーロンとの手合わせだというのに、しっかりと睡眠が取れないとは武人失格だろう。

いかなる時、いかなる場所でも戦いに向けて、しっかりと休息が取れるのが武人として大事なことだ。マインと旅をしていた頃は、それをまざまざと見せつけられたものだ。

すでに装備は整えている。あとは黒剣グリードを持って部屋を出るだけだ。

「行くか……」

『よう！　調子はどうだ？』

「知っているくせに、それを聞くのかよ」

『ハハハハッ！　俺様からのアドバイスだ。昔を思い出して、戦ってみろ！』

昔か……ただひたすら強くなりたくて戦っていたあの頃か。天竜を見上げていた俺は、なりふり構わず戦っていたような気がする。

今は、バルバトス家の家督を継いで領主としてのしがらみや、守りたい人たちがたくさんできて、心のどこかで戦いから一歩引いてしまっていたのかもしれない。

アーロンはそのことを見抜いていたのかもな。

これから今まで以上に激しい戦いの場に赴くというのに、それではダメだと。

頬を叩いて、気持ちを切り替える。

『少しはまともな顔つきになったじゃないか。最後かもしれない手合わせだ』

「ああ、思う存分やらせてもらうさ」

部屋を出ると誰もいない。

アーロンは先にゴブリン草原に行ってしまったと聞いている。

それを教えてくれたメミルとサハラにも、後から行くと伝えた。今頃は彼女たちも手合わせの場に着いている頃だろう。

黒剣を腰に下げて、屋敷を出る。

門の先には、ロキシーが壁に寄りかかって空を眺めていた。

そして俺に気がついて、笑顔で手を振ってくる。

「おはようございます！　今日は大変な日になりましたね」

「……そうだな。エリスが王都中に伝えちゃうから」

なんと血迷ったことに、今回の手合わせを王都中に知らせてしまったのだ。

「まるで見世物だよ」

「何か、エリス様には崇高《すうこう》なお考えがあってのことですよ」

「単純に面白いからだと思うけど」

「そんなことは言ってはいけませんよ！」

怒られてしまったぜ。

ロキシーと聖騎士区を出て、商業区へ入るとまるでお祭り騒ぎだった。

ゴブリン騒ぎで鳴りを潜めていた露店が並び立って、客寄せをしている。

ちょっとした広場では、今回の手合わせでどちらが勝つのかを賭けていた。

「アーロン様が圧倒的に人気のようですね」

「ここで待っていてくれ。どうせ許可のない違法賭博だから摘発してくる」

「たまにはこれくらいの息抜きは必要です。このところ、いろいろとありましたから」

ラーファルの反乱で王都崩壊の危機。その後はゴブリンの異常行動だ。王都に住まう人たちに、不安が募っていたことはよくわかる。

良くも悪くも、メイソン様が率いて兵士たちが帰ってきた。死んだはずの者たちの帰還に、王都中の活気が戻ってこようとしていた。

たとえこれから待ち受けることの前触れだったとしても、今だけは喜んでいたい。

「じゃあ、俺も盛り上げるさ」

「その意気です！　私も見学させてもらいますね。もう父上と母上も一足先に行って待っていますよ」

「お、おう」

ロキシーの前では大見得を切ってみた。だが、王都中の観客の前で戦いを披露するなんてな……緊張しない方が嘘になる。

内心ではドキドキだったりする。そんな俺の背中から、声をかけてくれる男がいた。

「フェイト！　しっかりやれよ」

「……ムガン」

昨日の話し合いの後、一足遅れて舞い戻ったムガン。彼に娘のライネが誘拐されてしまったことを伝えたのだ。

しかも、犯人は俺の死んだ父親だ。

叱責されるのも覚悟していたけど、ムガンは怒ることはなかった。

「昨日も言ったが、賢者の石の解析をライネにさせたらどうかと提案したのは、儂なんだ。

責任は儂にもある。そんな顔をするな。せっかくの大一番が台無しになってしまうぞ」

「すみません……父さんを見つけて、必ずライネを連れて帰るから」

「フェイトの父親だ。悪いことをする人間だとは思えん。何か理由があるのだろう。儂は信じて待つだけだ」

「ありがとう、ムガン」

ロキシーにも今回の一件は伝えてある。彼女は頷きながら俺たちの話を聞いていた。

ムガンが俺を許してくれて、話がまとまりかけたとき、邪魔者がやってきた。

「ムガンさんは甘すぎです！　もっとフェイトさんに言ってやらないと！」

「儂がいいと言っているんだ。お前はすっこんでいろ！」

相変わらず騒がしいミリアだ。今回はいつも持っている魔剣はない。オーガとの戦いで壊れてしまったので修理中らしい。

武器がないと、襲いかかってこないので少し楽だな。このくらいなら可愛いのに……実に残念だ。

「あっ、フェイトさん！　今、私のことを何か変なふうに思っていたでしょ」

「思っていないって！　魔剣を持っていないミリアは、大人しそうで可愛いなと思ったくらいだよ」

「なっ⁉　ちょっと、この前共闘したからって、馴れ馴れしいです」

「あの時は助かったよ。改めてありがとう、ミリア」

「だから……そういうことはやめてください！」

顔を赤くして先に行ってしまう。

褒められ慣れしていない子なので、俺があんな感じに言うとすぐに逃げてしまう。

追いかけようと思ったら、ずっと黙っていたロキシーが俺の前に来て、通せんぼしてきた。

「フェイ、訊いてもいいですか？」

「えっ、何を……」

「私と入れ替わっている間、ミリアと一体何があったのですか？」

「う〜ん、それは……」

ミリアの過去話を教えてもらったりしたのだが……。俺の口からは言えない。

もしかしたら、ロキシーも知っていることかもしれないけど、やっぱりダメだ。他人の過去の吹聴《ふいちょう》なんてことは俺にはできない。

だから、俺の取った行動は逃げるだ。

「あっ、フェイ。待ちなさい！　やましいことでもあるのですか？」

「ないって。そんなことは断じてないから」

「なら、何故逃げるのですかっ！」

後ろからロキシーが追いかけてきた。更に後方からは、ムガンの呆れた声が聞こえてくる。

「王都へ戻ってみれば、いつも通りだな。……騒がしい人たちだ」

結局、俺はゴブリン草原でロキシーに捕まってしまった。本気で逃げれば捕まることはなかったが、あまりにも人が多すぎてそれどころではなかった。

「すごい人の数だな……」

「予想以上ですね。あっ、見てください！」

指差す方向には神々しい観覧席が作られていた。その中で、白騎士たちを従えたエリスがふんぞり返っていた。

「ふあぁぁ、偉そうだな」

「実際に偉いんですよ」

よく見ると観覧席から少し離れたところで、アーロンが静かに手合わせが始まるときを待っていた。

内から溢れ出す気迫は相当なもので、これだけ離れているというのに気圧《けお》されそうになってしまう。

ロキシーは戦いは既に始まっていることを察したようで、俺から離れていく。

「頑張ってくださいね。向こうで応援していますね」

「ああ……」

彼女が走っていった方向には、メイソン様やアイシャ様、それにメミル、サハラ……ミリア、ムガンが見えた。

ん？　行きつけの酒場のマスターまでいるじゃないか。ハート家のツテを頼っていい席を手に入れたようだ。

ワイン瓶を俺に振って見せているので、勝てたらこれでお祝いしようと言っているみたいだった。

「さて、行くか！　グリード」

『おうっ！』

静かに目を閉じて、精神を集中させていたアーロンのところへ、近づいていく。

直ぐ側まで行ったところで、彼はゆっくりと目を開く。

「来たな……フェイト」

「おまたせしました。いつでもいけますよ」

「儂もいつでも戦えるぞ。エリス様、始まりの合図をお願いします」

アーロンの声に応えて、彼女は豪華な椅子から立ち上がる。そして観客たちに聞こえるほどの大きな声を出した。

「これから、聖騎士二人の手合わせを行う。勝敗の条件は、相手が参ったと言うか、気絶するまで。また、観客席に被害を及ぼさぬように気をつけよ。もしそうなった場合は厳しい処罰が待っている。よいな！」

「「はっ！」」

さすがに公式の場。俺はアーロンに倣《なら》ってエリスに跪く。

戦いの場として、ゴブリン草原一帯の使用が許可されていた。

観覧席からは最低でも五百メートルほど離れた方がいいだろう。それほど、Eの領域同士での本気の衝突は激しいものとなるからだ。

「では、始め！」

歓声とともに、俺たちは動き出す。

まずはゴブリン草原への中心へ向けてだ。アーロンは聖剣を引き抜き、俺も同じく黒剣を手にした。

「フェイト！　来ないならこちらから行くぞ」

アーロンの聖剣が聖なる輝きを放ち始めた。

聖剣技のアーツ《グランドクロス》を剣に留めて、攻撃力と耐久性を強化する気なのだ。

黒剣の斬れ味では、聖剣が保たない。だから、スキルで性能を引き上げてきた。

正面から受けてやる。聖剣が描く軌道を読んで、俺も黒剣を振るう。

甲高い金属音と共に、衝撃波が広がっていく。

足元の草を吹き飛ばし、観客席まで運んでいった。

「どうした。フェイト、こんなものか！」

「まだまだ、これからです」

「そうでなくてはな」

力を込めて、聖剣を押し返そうとするが、側頭部を強い衝撃が襲う。

くらくらする視界から見えたのは、左足を上げているアーロンの姿だった。

まるで黒銃剣の弾丸のようなスピードで、地面すれすれを俺は飛ばされていく。このままではまずいぞ。

観客席に突っ込んでしまう。

そう思って黒剣を地面に突き立てて速度を落とそうとするが、黒い影が迫っていることに気がついた。

すんでのところで、体をねじれさせて、頭上からの剣撃を躱す。

「これならどうだ！」

「くっ」

アーロンはそのまま聖剣を横に薙ぎ払った。

黒剣で受け止めるが、体勢が悪すぎた。今度は逆方向へ飛ばされてしまったのだ。

グリードがたまらず言ってくる。

『何をやっている！　どうした⁉』

「なんでもない」

『来るぞ！』

今までよりも速い！　Ｅの領域のステータスをうまく引き出している。

二連続の剣撃があまりの速度のために、まるで聖剣が二本あるようだった。

それもなんとか防ぐが、剣圧が重すぎる。俺よりも足元の地面が耐えきれずに大きく陥《かん》没《ぼっ》してしまう。その衝撃によって宙を舞う土や小石たち。

防戦一方では埒《らち》が明かない。

アーロンの攻撃の手が僅かに緩んだ隙を突いて、黒剣を振るう。

だが、それも読まれていた。

「動きが単調だ。それではオーガと変わらんぞ。もっと戦いに集中しろ」

「していますよ」

「いや、していないな。頭ではそう思っているのかもしれん。だが、剣は嘘がつけない。実に無様だ」

「くっ……」

アーロンに言われて苛立ってくる。それ自体に、答えは出ていることを思い知らされる。

「実の父親のことか？」

「……」

ぶつかり合った剣から感じ取られたようだった。

「やはりそうか。戦うと言っておいて、本当は戦いたくないのではないか？」

「それは……」

「話せば、なんとかなると思っているのではないか？」

Eの領域は繊細なステータス制御が求められてくる。それなのに、父さんのことで戦うことに……。

「恐れが出てしまったわけか」

「それは……」

当たりだった。グリードも言っていた。昔を思い出せと……。なりふり構わず戦っていたときにはなかったもの。

敵が強いから怖いのではない。そんなものよりも、遥かに怖ろしいことがあることを知った。

アーロンはすでに経験者だ。彼の心を一度へし折った出来事。

死者が溢れていたハウゼンで、【死の先駆者】リッチ・ロードに家族を奪われていた。なんとかハウゼンを開放しようとしても、妻や息子を操って彼を苦しめた。

アーロンには、たとえ死んでいるとわかっていても、家族に剣を向けられなかったのだ。剣聖と呼ばれた英雄ですら、できなかった。いや、英雄という人格者だからこそ、できるわけがなかったのだ。

「苦しいはずだ。儂もそうだった。ましてや父親が敵かもしれないのなら、なおさらだ。失意の底にいた儂に、もう一度立ち上がる力をくれたお主なら、間違いなくだ」

「アーロン……」

「だがな。ならばこそ、フェイトに父親であるディーンを止めてほしいと思っておる。いや止めなければいけない」

「俺は……」

心が乱されてしまう。ステータス制御が疎《おろそ》かになりつつある。

聖剣に黒剣がゆっくりと押されていく。焦る俺にアーロンは優しく声をかけてくれる。

「こうやって手合わせしていると思い出す。フェイトと初めて出会った頃をな。今よりも剣の扱いは酷いものだった。あれはゴブリンの類かと思ったくらいだぞ」

「……ゴブリンと言われたときは、ショックでしたよ」

「今では見違えるほどになった。儂も鼻が高い。もう、そろそろ己を信じてもよいのではないか！　あの時……【死の先駆者】リッチ・ロードと戦う……家族と戦う力をくれた恩を今返すぞ！」

アーロンの魔力が爆発的に上がっていくのを感じた。

それに伴って、聖剣の光も一層強くなっていく。俺に向けて、手首を返して鍵を掛けるように発動させる。

「受けきれるか、フェイトよ！」

「これは……」

グランドクロスだと思い込んでいた。俺がすべて悪かった。

まさか……変異アーツである《グランドクロス・リターナブル》を放ってくるなんて、思いも寄らない。

このアーツは、発動距離がグランドクロスよりも近くて、しかも成功率は低い。だが、アーロンはEの領域だ。成功率は飛躍的に上がる。

四つの巨大な光の十字架が顕現《けんげん》して、俺を取り囲む。脱出を試みるが、時既に遅し。

光の十字架は互いに、聖なる輝きを循環し始めた。

「儂には使えないとでも思っておったようだな。これは一体しか捕らえることができんからな。オーガ戦では使えなかっただけだ。さあ、どうする？」

「ぐああああぁぁあああぁぁ……」

身動きが一切許されない無限牢獄。この中へいる限り、グランドクロス級の高ダメージが入り続ける。

天竜との戦いでは使う側だったけど、逆になってみるとわかる。なんて強力なアーツなんだ。

観戦している王都民たちから、歓声が上がっている。剣聖アーロンの見たこともない凄まじいアーツに称賛を送っているのだろう。

「く、くそっ……」

不甲斐ない俺にグリードが吠える。

『戦いに集中しろ！　何をやっている！　アーロンの思いを裏切るつもりかっ！』

そうだ。アーロンはここまでしてくれたんだ。

これはただの手合わせではない。ちゃんと、応えないといけない。

「グリード……ごめんな。心のどこかで、今の平和な生活がずっと続いてほしいとも思ってしまっていたんだ。だから、父さんがあんな形で現れた時、怖くなった。だって……戦うなんてことを考えもしなかったから。ひどい話だよ……アーロンにはそうさせたくせにさ」

『なら、応えてやれ』

「ああ……」

グランドクロス・リターナブルの痛みはもうなかった。

暴食スキルの半分を開眼したからだ。半飢餓状態に至ったことによって、Eの領域のステータス制御力が飛躍的に上がっている。それで魔力の流れも読むことができる。

無限牢獄であろうと、本来のステータスが発揮できるようになった今、それはもう意味をなさない。

力だけで無理やり強大な光の十字架に抗《あらが》う。魔力の流れが薄そうなところに、自身の魔力をぶつける。

次第に光の十字架はひび割れていき、砕け散った。

解放された俺は、一直線にアーロンへ向けて駆けていく。

「アーロン！」

「フェイトっ！」

互いの名を呼び合って、聖剣と黒剣が交差する。

斬り飛ばした聖剣の先が宙を舞っていた。

第24話　ロキシーの決意

俺とアーロンは息を切らせて地面に倒れ込んでいた。

俺は解放した半飢餓状態を無理やり抑え込んだ反動によるものだ。

アーロンは変異アーツ《グランドクロス・リターナブル》を発動し続けたことによる魔力切れだった。

観覧席に座っていたエリスは、いつの間にか身を起こして俺たちに拍手をしていた。ずっと固唾《かたず》を呑んで見守ってくれていた……ロキシーたちも同じように讃《たた》えてくれている。

王都民たちの歓声に包まれながら、俺たちは立ち上がる。

そして、アーロンは俺の右腕を掴んで上げてみせた。

「……降参だ」

その宣言に観戦した人々が、より一層の盛り上がりをみせる。

手合わせの感謝を言おうとしたが、アーロンは座り込んでしまった。かなり無茶をしていたようだった。やはり、変異アーツは体の負担が大きかったのだろう。

　俺は右目から流れる血を服で拭いながら、もう片方の手を差し出す。

「アーロン、掴まってください」

「すまないな」

　立ち上がったアーロンはニッコリと笑って、俺の頭をわっしゃわっしゃと撫でてきた。

「強くなったな……いや、出会ったときから強かったか。それに心も伴ってきて更に強くなったな。儂ではもう、どうやっても歯が立たないだろう」

「いえ、そんなことはないです。俺はアーロンほど経験豊かではないです」

「たかが経験だ。歳を重ねれば、否応なしに得られるものだ。しかし、それだけでは先に行けない。歳を取れば……その経験があるがゆえに、しがらみとなって踏み出せないことばかりだ。経験とは価値があるように見えて、それほどの価値はないのだ」

　彼は今も歓声を上げている王都民たちを見ながら言う。

「ここに新たな剣聖として、称号をお主に譲ろう。儂に見事に勝ったのだ。これほどの立会人がいれば、文句を言う者はいまい。これから先は前途あるフェイトに任せよう」

「アーロン……俺には……」

　もう残された時間があまりないんだ。前途なんてものはないんだ。暴食スキルによって、体の中で変質が始まっている。

止める方法がなく、そう遠くない未来に俺でなくなってしまうだろう。

ここにもう戻って来られそうにもない。それを口にしようとしたら、アーロンが声を張り上げる。

「それでも……帰ってくるのだっ!!」

俺は言葉をなくしてしまった。

真っ直ぐ見つめてくる目は、どこまでも澄み切っており真剣だったからだ。

「たとえ歩む先が困難で、不可能だとしても、必ず戻ってくるのだ!!　儂はフェイトを信じてここで待とう」

「……」

「忘れることも許さん。ここが、お主の帰る場所なのだ」

帰る場所をなくしてしまった過去があるアーロンの言葉は重く響いた。

どれほど遠くへ行っても、帰るべき場所さえ……その方角さえ見失わなかったとしたら、きっと俺はここへ帰って来られるはずだ。

彼はいつだって、俺に勇気を分けてくれるんだ。

アーロンの思いに触れて、自然と答えは出てしまっていた。

「相変わらず、無茶ばかりですね。このような手合わせをして……」

「これくらいしなければ、お主は決めたことを簡単に変えてはくれないからな。困った息子を持ったものだ。さあ、フェイトの答えを聞かせてもらえるか？」

「……帰ってきます。ここへ……必ず帰ってきます！」

「そうだ。それでいいのだ。それでこそ、儂の息子だ」

送り出してくれる彼は、少しだけ泣いていた。男は涙を見せるものではないと言っていたくせに。

だけど、俺も涙が溢れてくるんだ。

この別れの言葉に飾りなどいらない。今できる精一杯の気持ちを込めて、彼に言いたい。

「今まで……ありがとうございました」

「行ってこい。新たな剣聖フェイト・バルバトスよ」

しっかりと握手を交わして見つめ合い……最後は頷き合った。

もうそれだけで十分だ。

なぜなら、言いたいことはすべて剣で語ったのだから。

未だに収まることのない歓声の中で、アーロン・バルバトスとの手合わせが終わりを告げた。

＊

早朝、東の地平線から陽が顔を出し始めている。エリスと約束した出立の日だ。

待ち合わせ場所であるゴブリン草原に向けて歩いている俺の横には、メミルがいた。

「本当に付いてくるのか？」

「当たり前です。言ったじゃないですか、フェイト様の最後を見届けるって」

「最後とか言うなよ……縁起が悪いだろ」

「アハハハッ、そういえばそうですね。アーロン様からの言いつけでもありますし」

そうなのだ。アーロンは自分の代わりにと、メミルを推薦した。

彼女は嬉しそうにしているけど、これから戦いが待っているんだけどな。わかっているんだろうかと心配になってしまう。

「旅の道中のお世話をするためでもあるんです。ほら、エリス様だって私がいれば、いろいろと便利だと思いますし」

「まあ……エリスもそれで許可したんだろうな」

ハウゼンに行くまでと、着いてからのお世話をすることが、メミルの仕事となる。

シンを追う危険な旅になるかもしれない。それに同行する世話役にも、戦う力があったほうが良いと判断されたのだ。

「楽しみですね。旅行！」

「おいっ、観光に行くんじゃないんだぞ」

「わかってますよ。バルバトス領のハウゼンって、行ったことがまだないんですよね。魔科学を用いた都市開発のモデルケースって聞きましたよ」

「まあな。ガリアの技術を使って、スキルに頼らない生活を目指しているんだ」

「なるほど、なるほど。旅行、楽しみですね！」

「結局、同じかよ……」

俺は頭を抱えながら、歩いていく。

ここへ来るまでに、世話になった人たちと言葉を交わしてきた。

アーロンはもう多く語ることはなかった。あの人らしいと思う。

隣にいたサハラのほうが、泣きじゃくりながら行かないでと抱きついてきて大変だった。それでもアーロンに行かせてやれと言われて、掴んでいた手を離してくれた。俺は彼女の頭をいつものように撫でて、バルバトスの屋敷を出た。

その足で、ハート家にも出向いたのだけど、ロキシーはいなかった。メイソン様とアイシャ様と別れを惜しみつつ、彼女を探していた。

二人に訊いても、昨日の夜から姿を見ていないという。昨夜は、旅立つ俺のためにささやかなパーティーを開いてくれた。

場所は、お決まりの酒場。暴食スキルが目覚める前から、ずっとお世話になっているマスターの計らいで、急遽開催することになった。

ムガンやミリア……ガリアで共に戦った兵士たちも加わってとても賑やかだった。

そんな中で、ロキシーだけが思いつめた顔をしていた気がする。

俺が側に行って声をかけようとしたら、席から立ち上がってどこかに行ってしまったのを覚えている。

おそらく、その時から屋敷に戻ってきていないのだろうか。心配になってきたぞ。

エリスには悪いけど、出発を少し遅らせてもらおう。そう思っていたとき、商業区の外門に佇む金髪の女性が目に入った。

彼女も俺に気がつくと、ゆっくりと歩いてくる。

「ロキシー……その姿は……」

「どうですか？　似合っていますか？」

とても綺麗だった。いつも着ている聖騎士の軽甲冑ではなく、どこか旅の剣士を思わせ

る風貌。

白を基調として、アクセントとして青をちりばめたその服は、僅かに聖騎士だった名残を感じさせた。

「うん、よく似合っていると思う」

「ありがとうございます！　……よかった」

そして、ロキシーはゴブリン草原へ向けて歩き始める。

えっ、どういうことだろうか。

状況が飲み込めていない俺が立ち止まっていると、彼女は決意に満ちた顔で言うのだ。

「ハート家の家督は、父上に返上しました。私はフェイに付いて行きます。聖騎士としてではなく、ただのロキシーとして」

俺は彼女に、いいのか？　危険すぎる……なんてことは今更言えなかった。

それほどまでに、本気だと感じてしまったからだ。敵わないな……彼女には。

「さあ、行きますよ！　フェイ」

「ああ……一緒に行こう」

「はい」

見守っていたメミルは何も言わずににっこりと微笑んで、俺たちに付いてくる。

この決断は俺に自分の口から伝えたいと言って、メイソン様とアイシャ様には秘密にしてもらっていたそうだ。だからか……二人に会ったときにどことなくぎこちなかったのはそれが理由みたいだった。

西門を通って、ゴブリン草原へ向けて三人で歩き出す。おかしな組み合わせになってしまったものだ。

右隣には因縁深いブレリック家の聖騎士だったメミル。左隣にはハート家の家督を返上してしまった元聖騎士のロキシー。

王都セイファートに戻ってきたときに、まさかこのような形で出ていくなど想像もできなかった。

思わず、クスリと笑ってしまうほどだ。

「フェイ、どうしたのですか？」

「いや……なんでもないさ」

ロキシーはしつこく何を考えていたのかを知りたいと聞いてくる。他愛もないことなので、はぐらかしているとメミルがとんでもない発言をする。

「ん？　あっ、もしかして、今回の旅は男一人、女三人だから、良からぬことを考えていたのでは!?」

「えっ、そうなのですか⁉　フェイ……そ、それはどういうことなのですかっ⁉」

これから戦いが待っているのにさすがに不謹慎だろう。メミルの突飛な想像力には困ったものだ。

でもそう言われてみると、たしかに女性の比率が高いな……。

肩身が狭いぜ。なんて思っていると、グリードが《読心》スキルを通して言ってくる。

『俺様がいるだろう』

「お前は剣だろ。無機物だろ」

『まあな』

なぜに得意気なんだよ……まったく。後ろでは、ロキシーとメミルがまださっきの話題で盛り上がっているし。

またしても頭を抱えていると、ゴブリン草原の入り口でエリスを発見した。

おや……なんだあれは……。彼女の側には二台の黒い物が置いてある。

どこかで見たことがあるぞ。記憶を辿っていくと、以前に軍事区で見たバイクだ！

ガリアで使われていたという乗り物で大きなタイヤが二つあり、乗り手の魔力でそれを回転させて動かせる。

グリード曰く、馬よりも数百倍は優れた乗り物らしい。

おおおおおっ！　テンションが上がってきた！

乗りたいなって思っていて、なかなかそのチャンスがなかったのだ。まさか、このタイミングで乗れるとは思ってもみなかった。

ワクワクしていると、エリスが嬉しそうに言ってくる。

「どうやら気に入ってもらえたようだね。用意した甲斐があったね。うんうん」

「これって二人乗りなのか？」

「そうだよ。シートを広めに改造してもらっている。この四人の魔力なら、誰でも運転できるだろう。姿勢制御があるから、転ぶこともないし」

「俺が運転してもいいかな？」

「どうぞ、そんなキラキラした目で見られたら、ダメだとは言えないからね」

「やった！」

運転は俺とエリスがすることになった。ロキシーは俺の後ろ、残ったメミルはエリスの後ろだ。

「失礼しますね。よっと」

ロキシーが乗り込み、俺の腰に手を回した。このバイクで二人乗りってかなり密着するんだな。

いかんいかん。今は運転に集中だ。

準備が整ったところで、エリスが俺たちに声を掛ける。

「じゃあ、出発しようか。ハウゼンへ」

「ああ、行こう」

「はい」

ハンドルから魔力を伝えると、バイクのタイヤが動き出す。初めは控えめだったけど、段々と慣れてきたので送る魔力を増やしてみる。

「うあああああぁぁ、すごい速さだ」

「風が気持ちいいですね」

俺たちは、シンの気配を感じたというバルバトス領のハウゼンへ向かう。

そこにマインもいるはずだ。もし、彼女が彼の地への扉を開こうとしているのなら、止めなければいけない。

世界に異変が起き始めている今ならまだ間に合うと、俺の中のルナも言っていた。

たとえマインと戦うことになったとしても、彼の地への扉は閉じなければいけない。それが一体、何を意味するものなのかは俺にはまだわからない。

だけど、真実を知ってしまってからでは、何もかもが遅すぎるような気がしたんだ。

番外編　メミルとフェイト

軍事区で発生した王都転覆を狙うクーデター。

それは私の腹違いの兄様——ラーファルによって起こされたものだった。

私は兄様に幽閉された後、ずっと意識を失っていたため、一連の詳細はすべてが終わってから聞かされることになる。

事の始まりは、山岳都市テンバーンに彼と一緒に赴いたときからだ。理由は、ブレリック家が管理する施設から、とても希少な鉱石が発見されたという知らせを受けたことがきっかけだった。

ラーファル兄様はその知らせを聞いて、とても興奮なさっていたことをよく覚えている。

本当は兄妹三人でテンバーンに行くつもりだったけど、ハド兄様は王都に残ることになった。ゴブリン草原に現れたはぐれ魔物リッチの討伐をするためだ。

その後のハド兄様の最後はあまり思い出したくはない。

裏で悪事を働いてきた報いを受けて死んでなお、ラーファル兄様のおぞましい研究材料とされてしまったからだ。

テンバーンでは、ガリアにある遺跡と同じ物が地下に眠っているという。

長い年月をかけて堆積《たいせき》した土によって守られてきたため、発掘される遺物の保存状態は良く、少し手を加えれば動き出す物もあると聞く。

現場に着いた私たちは、底が見えないくらい深く掘り込まれた巨大な縦穴を下りていった。まるで、あの世にでも続いているように錯覚するほどだった。

案内する作業員の後に付いて、しばらく暗闇の中をランプで照らしながら進んでいく。

そこにあったものは、人と同じくらいの大きさをした血のように赤い結晶だった。どこか神聖な雰囲気を醸し出している。

私は思わず怖くなってしまって、ラーファル兄様の背中の後ろに隠れてしまったほどだ。

そんな私を見ながら兄様は言う。

「メミル、それでは聖騎士としてやってはいけないぞ。もっと強い心を持てと、いつも言っているだろうが」

「申し訳ありません……兄様」

「一番下だからといって、いつまでも甘えてもらっては困る。俺が家督を継いだからには、あの父親のように同じとは限らないのだからな」

「はい……」

最近のラーファル兄様は怖ろしい。それが私の中で大きくなっているのを感じる。

たぶん、変わってしまったのはブレリック家の家督を継いでからだろう。それまでは、あのような眉間に皺を寄せた顔を私たちに見せなかったからだ。

使用人たちには、聖騎士としての威厳を示さなければならないと言って、厳しくすることを私たちに教えてくれた。

これが下々の者への扱い方だと。

父様と母様は忙しい人で、子供の頃から私たちにあまり構ってくれる人たちではなかった。そのため、腹違いのラーファル兄様が私の頼れる兄であり、父親代わりだった。

ハド兄様はどう思っていたか知らないけど、ラーファル兄様が言うことに素直に従っていたので、私と同じだったと思う。

優しかったラーファル兄様も、今は違う。

当主となってからは、時折私を使用人たちのように扱うことがあるのだ。

「メミル、どうした?」

「いえ、なんでもありません……」

私は俯いて地面を見ることしかできない。

そんな私に呆れたラーファル兄様はため息をつきながら、ランプに照らされて赤く輝く結晶へ近づいていく。

「これが……賢者の石か、伝承のとおりだ！　素晴らしい、本当に素晴らしいぞ。これで、俺も先へ行ける」

声を高らかに上げながら、賢者の石に触ったとき、兄様に異変が起こった。

「うぅっ……」

触れた手をもう一方の手で押さえて、うずくまったのだ。

慌てて、私はラーファル兄様の側に駆け寄ったのだけど、

「助けはいらんっ！」

強い力で振り払われてしまい、横にあった賢者の石にぶつかってしまった。

頭を強く打ったようで、地面に私の血がポタポタと流れ落ちていく。酷い……と思って見上げると、兄様は私を睨んでいた。

そして、すごい剣幕で私を怒ってきた。

「何故だ、触れても大丈夫だとっ！　何故いつも、そうなのだ！　俺は選ばれず、お前らばかりが選ばれる！　家督を奪って、これからなのに……」

「兄様……」

「くそおおぉっ。賢者の石への適性が、何故俺にはないんだっ！　これでは王都に巣くう、あの化け物たちに対抗できないではないかっ！　死なぬ体を得ても……自我を保てないのでは意味がない」

「何を……言っているのですか？」

私にはもうラーファル兄様が理解できなかった。そんな私を見ながら、兄様は何かを思い立った顔をした。

「なるほど、この手があったな。適性がないなら、ある者から力を借りればいい。メミル、お願いがある。俺に力を貸しておくれ」

兄様は両目を赤く光らせて信じられない力で、私の身動きが取れないように赤い結晶に押しつけ——そして大きく口を開いた。

犬歯が鋭く……異常に発達している。それに驚く間もなく、私の首筋に噛み付いてきた。

「いやあああぁぁぁ」

喚《わめ》こうが叫ぼうが、助けはやってこない。案内していた作業員は、この惨状に腰を抜かすばかりで何もできずにいた。

薄れる意識の中で、どうしてこうなってしまったのだろうか……と思ってしまう。

その日から私は、賢者の石の力を得たラーファル兄様の自我を保つための道具となってしまった。人間のステータスの限界を超えた領域と、信じられない再生能力を得た兄様は、それを維持するために定期的に私の血を求めるようになったからだ。

辛く苦しい時が流れていき、それは数ヶ月以上続いていたような気がする。何もない真っ白い部屋に閉じ込められて、時間の認識すらも失いつつあったからだ。

これは、きっと自分のことしか見えていなかった私に対する罰なのだろう。段々とそう思うようになっていた。

ずっと民や使用人たちに酷いことをしてきた。

そして、彼らの希望だったハート家……ロキシー・ハートを陥《おとし》れるために、他の聖騎士たちを囲い込んで、天竜が暴れて危険なガリアに追いやってしまった。

数千年にも亘《わた》って大人しくしていた、生きた天災。しかし何故かはわからないけど、越えることがなかったガリアの国境線を飛び越えて、王都軍を襲ってきた。その犠牲となった者たちの中には、彼女の父親も含まれていた。

それを知っていて、私たちは邪魔なハート家をなくすため、彼女に父親の後を追うようにと画策したのだ。

これで民の味方になって、うるさく言う聖騎士はいなくなる。その時はブレリック家のためになると思っていたのだ。

しかし、ロキシー・ハートは生きて王都セイファートへ戻ってきた。

幽閉から助け出された後でアーロン様から聞いた話では、フェイトがあの天竜を倒して、彼女を守ったらしい。

私は驚きが隠せなかった。

ブレリック家の使用人……それ以下の扱いをされていた彼に、そんなことができるなんて思いもしなかったからだ。いや、人ならざる者と化したラーファル兄様を倒したのだから、それは可能だったのだろう。そして、私まで助けてもらった。

「はぁ〜」

そして私は……フェイト・バルバトスの下でメイドとして働くことになった。

フェイトがブレリック家に雇われていた頃は、兄様たちを見習って酷いことをしていた。地面に跪く彼を踏みつけて楽しんでいたのだ。どうも私はそのような行為をしていると、すごく気持ちよくなって興奮してしまう悪癖がある。だが、それを目覚めさせたのはフェイトだった。

私に踏まれながら素直に従っているように見えて、目の奥にはいつも反抗心があった。その反応が得体の知れない興奮を私に与えて行為を増長させるのだ——。

だから、フェイトは私にとって気になる存在だった。でもラーファル兄様やハド兄様の目もあり、そんな素振りは見せずに、事あるごとに彼を踏みつけていた。彼にとっては堪ったものではなかったはず。今思えば、恥ずかしいことをしてしまった。

フェイトはラーファル兄様とハド兄様を殺した。それと同時に、ラーファル兄様から助けてもらった恩があった。

ハド兄様は裏で孤児の子供たちを人攫いから買っては、おぞましいことをしていたという。そういった行動が仇となって、フェイトによって殺されてしまった。

死体はラーファル兄様によって回収されて、賢者の石の実験に利用されてしまう。あの時はすでにハド兄様を、弟としては見ていなかったのだろう。

そしてハド兄様はナイトウォーカーと変貌した際も、残滓《ざんし》の記憶でフェイトを憎んで、襲いかかったらしい。その際に多くの兵士や聖騎士が巻き込まれて死んだそうだ。

力を手に入れたラーファル兄様もフェイトに追い詰められて、私の血を求めてやってきた。

賢者の石を用いて得た力への素質がなかった彼は、制御するために私の血がなければ自我を失ってしまうからだ。

意識が戻った中でまたラーファル兄様に血を吸われたとき、私は本当に悲しかった。兄として慕っていた彼に冷たい言葉を投げ付けられながら、また裏切られたのだ。

そして戦いを挑むが、兄様はフェイトに敗れてしまう。

あの時、ラーファル兄様の中にあった賢者の石が暴走していくのを感じた。

その力は高まっていき、私を含めて何もかもを吹き飛ばしてしまうほどだ。

そう思ったとき――薄れゆく意識の中で誰かが私を抱き上げて、その場から救ってくれたのを覚えている。

後になって聞けば、研究施設で部屋に閉じ込められていた私を助けてくれたのはフェイトだったというじゃないか。

なぜ、彼は酷いことをしてきた私を助けたのだろう。わからなかった――。

もう頭はぐちゃぐちゃだった。

私の恩人であり、肉親を殺した男なのだ。

しかし、バルバトス家の養子になることは私の命をつなぐために必要だった。

ブレリック家が王都転覆を狙っていた罪は消えることはなく、それを止められなかった責任は私にもあり、極刑は免れない。

しかしアーロン様のご尽力もあって、私はブレリック家を捨てることで罪に問われないことになったのだ。

しかも、バルバトス家の養子として迎え入れてくれるという。初めは耳を疑ったけど、アーロン様の温かな笑顔を見ていると、それは本当なのだと実感が湧いてきた。

養子と言っても、バルバトス家に対して何かを行使できる力はない。身元引受人としてアーロン様が私の更生の面倒を見てくれるという話だ。

それもあり、屋敷でメイドとして働くことになった。

そして、アーロン様から一つだけ条件を言われていた。それは過去のしがらみを捨てることだ。

つまり、メミル・ブレリックではなく、メミル・バルバトスとして生きていけと言う。

メイドとしてやっていくのだから、聖騎士だった頃のプライドは捨てるようにと言われているのだろう。今後はバルバトス家の一員として、フェイトをもり立てていかなければいけないのだから。

それに今までの罪滅ぼしもある。

機会をいただけたのだから、メイドとして責務を果たしていきたい。

アーロン様に連れられて、お城から屋敷に行くときは、内心ドキドキしていた。着慣れていないフリルが着いたメイド服が、それに拍車をかけているのかもしれない。

どのような顔をしてフェイトに会えばいいのか、わからなかった。

そして、アーロン様に呼ばれて屋敷の中へ入ると、そこで彼は私たちを待っていた。フェイトは少しばかり強張った顔をしている。それを見て、彼も私と同じなんだと思った。

どうしよう……彼をなんて呼べばいいのだろうか。ここに来て、迷ってしまう。たぶん、考えることがたくさんありすぎて、そこまで頭が回らなかった。うん、バルバトス家の養子になったのだから、義理の兄としてお呼びした方が良いだろう。

「今日から、お世話になります。お兄様」

笑顔を心がけて言うと、彼はどこか顔を引きつらせているように見えた。ん？　なにかまずかったのだろうか。

やはり……兄妹になったからと言って、いきなりお兄様は言いすぎたかも。あとメイドの立場でもあるから、彼の名前に様付けして呼んだ方がいいだろうか。うっかりフェイトと呼び捨ててしまったらいけないから、これから間違えないように、心の中でもそう呼ぶようにしておこう。

ブレリック家で雇われていたときとは立場が逆転してしまった現状に早く慣れるために頑張らないと！

意気込んでしばらく彼に見入っていると、どうしてだろうか……とても彼の首筋に噛みつきたくなってしまった。

それもいけなかったのだろう。

彼は私に挨拶を返すなり、後ずさりしながら用事があると言って自室へ戻られてしまった。

私……どうなってしまったの。……何故あれほど彼の血を飲みたいと思ってしまったのだろうか。

う～ん、困ったなぁ。これはライネさんが言っていた状態だ。

ここへ来る前に、軍事区でいろいろと体を検査されていた。その時の担当だったライネさんから、私の体は普通の人間とは違うものへと変わってしまっていると聞かされていた。賢者の石によって、私はほぼ不死に近い存在へとなっているらしい。

これだけなら、凄いことなのだろうけど……問題は命を維持するために、定期的な血の摂取が必要なのだ。

その血はより強いスキルを持つ者のほど良いらしい。そのため、私はフェイト様に反応してしまったようだ。彼が見えなくなった今も、体が疼いているのを感じる。

いけない、いけない。メイドの立場でそのようなことを考えていては……。

首を振って邪念を払っていると、アーロン様から声がかかった。

「どうしたのだ？」

「いえ、なんでもありません」

「ふむ。ならば、早速だがメイドの仕事を始めてもらおうかな。見てのとおり、この有様だ」

屋敷に入ってから、気になっていた。こう言っては失礼だけど、ボロボロだ。

「これは、力が要りそうですね」

「メイドはもう一人いる。サハラといってな。九歳の女の子だ。なんでもフェイトが以前に命を助けたらしく、その恩返しで働きたいと言ってな。メイドとして雇うことになったのだ。今は、孤児院のお手伝いに行っておる。戻ってきたら紹介しよう」

「はい」

「何かあったら、儂かフェイトを頼るといい」

アーロン様はそう言うと、自室へ戻られた。仕事の続きがあるそうだ。

王都で大きな力を持っていた五大名家の一つ、ブレリック家が取り潰しになってしまったので、その負担がアーロン様にきているみたいだった。

そうだ、飲み物でもお持ちしよう。

そう思い立ち調理場へ行き、湯を沸かしてお茶を淹れる。

「ふふふっ、これくらい私にもできますね」

料理については勉強しないといけない。今まで席に座って運ばれてくる物を待っていた側だったからだ。料理教室にも通わせてくれるそうなので、そこで一通り覚えればいいだろう。

うん、なんとかやっていけそうな気がしてきた。お茶も問題なし！

アーロン様の自室へ持っていくと、すごく喜ばれてしまった。

なんだろう……この感じは、ずっと昔に忘れてしまったような……。

「家族みたい……」

廊下で一人呟いてしまった。

ブレリック家で私が求めていた温かいものが、バルバトス家にはあるような気がした。

「よしっ、次は」

淹れたお茶はもう一つある。これはフェイト様の分だ。

彼も自室にいるはずだ。廊下を歩いて進んでいき、部屋の前まで来る。アーロン様の時は緊張しなかったのに、ここへ来てまた心臓がドキドキしてしまう。

（うぅぅ……頑張りなさい、私）

意を決して、ドアをノックする。すると、返事が聞こえてきた。

「失礼します。お茶を淹れてきました」

「あ、ありがとう。ここへ置いてくれ」

フェイト様は、ベッドに腰掛けて黒剣の手入れをしていた。聞くところ、この黒剣には意思が宿っていて、毎日綺麗にしておかないと、小言がうるさいらしい。

「意思を持った剣ですか」

「ああ、偉そうで強欲なやつなんだ。困ったものさ」

苦笑いしながらも、嬉しそうだった。

そして彼はどこか迷ったような顔をしながら私に言う。

「あのさ……さっき俺のことをお兄様って呼んでくれたのだけど……できれば、名前で呼んでもらえると嬉しいかな。別に嫌というわけではないんだ。だけど、メミルにそう言われるのは、まだ慣れなくてさ……」

ああぁ、やっぱり思っていたとおりだった。

先程の反応はそういうことだったのか。たしかに、彼に酷いことをしてきた私に突然「お兄様」と呼ばれることを受け入れるのは難しいと思う。いきなり馴れ馴れしすぎた。

「すみません。あのようなことを言ってしまって、私も言った後に反省していたんです。今後はフェイト様って呼びますね」

「ありがとう。これから時間をかけて君にちゃんと認められるような兄になれたときに、あの呼び方にしてほしいかな」

「かしこまりました、フェイト様」

お茶を出し終わった私は、これ以上お邪魔をしてはいけないと思い、部屋から出ていこうとしたが、

「これから、軍事区のライネに会いに行こうと思っているんだけど、メミルも一緒に来る？」

まさかのフェイト様からのお誘いだった。いきなり言われて驚いてしまった。

そんな私に彼は理由を教えてくれる。

「ラーファルの実験の影響を調べるために、君を連れてくるようにライネからお願いされているんだよ。俺は厄介な暴食スキルの検査さ。しばらく行っていなかったからさ」

「わかりました。ご一緒させていただきます」

私もフェイト様と同じように、検査をしばらくしていなかったことを思い出した。

バルバトス家との養子縁組で、それどころではなかったからだ。

そうだ、ライネさんに相談してみよう。私に起こっていることを。

今もフェイト様を見ていると、もう飛びついて首元に噛みつきたくてしかたない。ちょ

っとでも気を抜けば、そうなってしまいそうだ。

必死に我慢する私に、彼は首を傾げながら近づいてくる。

「どうした？　そんなに震えて……」

困った顔をして訊いてくる。たぶん、私を怯えさせてしまったと勘違いしているのだ。

違う。その首に噛みつきたいのだ。もうダメだっ！

「近づきすぎです！」

「あっ、ごめん……」

彼は、私が思わず言った言葉を拒絶と受け取ったようで、しょんぼりとしながら離れていく。

「も、申し訳ありません。そんなつもりでは」

うまくやりたいのに、この吸血衝動が邪魔をする！

私の言葉によって、せっかくフェイト様から歩み寄ろうとしてくれていたのに、また距離ができてしまう。

くぅぅ～……。

微妙な空気の中で、私たちは軍事区へ向かった。ライネさんの研究室は相変わらず、散らかっている。

研究用の機材や専門書などが床に転がっており、足の踏み場もない。

眠たそうなライネさんがその中から突然現れたものだから、私はビックリして横にいたフェイト様に抱きついてしまった。

「メミル……あの……」

「すみません」

すごすごと彼から離れる。失態をしてしまった……昔からこういったことは苦手だ。

よくも驚かせてくれたな。そう思っていると、ライネさんは欠伸をしながら謝ってきた。

「ごめん、ごめん。徹夜続きで、昨日はここらへんを歩いていた記憶は残っているんだけど、どうやら寝てしまったようだ」

「呆れた……」

フェイト様が頭を抱えている。彼は面倒見が良いようで、散らかった部屋を片付け始める。そのまま見ているわけにもいかず、私も手伝うことにした。

せっせと機材をあるべき場所へ持っていく彼の姿から、これはいつもやっていることなのだとわかる。

ライネさんは、そんなフェイト様を眺めながら言う。

「助かるよ。今後ともよろしく」

「おいっ、自分で片付けろよ」

「これでも頑張っているんだよ」

「嘘だろ⁉」

「アハハハ、当たり！」

「はぁ～」

フェイト様は振り回されていた。文句を言いながらも、片付けを続けている。これが彼の性格なのだろう。

私も機材を運んでいると、意識が遠のく感覚に襲われた。

そして、喉の渇きを覚える。これはまるでずっと水を飲んでいない状態で、炎天下の砂漠に放り出されたような錯覚をするほどだった。

ライネさんが、すぐに私の異変に気がついて声を掛けてくる。部屋の整理はいい加減な人だけど、こういったことは目ざといのだ。

「もう摂取するタイミングだったかな。私の目算だと一週間後だったはずだけど」

「それが……」

元々相談する予定だったのでフェイト様に聞こえないように、彼女だけに理由を伝える。

すると、得心がいった顔をするライネさん。

「なるほど、フェイトは特別な暴食スキル持ちだからね。これ以上に最高の血はない。更に他にも大量のスキルを所持しているから、それらも合わさって吸いたくなってしまうんだろう」

彼女は面白いことを閃いたような顔をして、フェイト様を呼んだ。

「ちょっとこっちへ、来てもらえるかな」

「どうしたんだ？　まだ片付いていないのに」

「それより、メミルに大変なことが起きたんだ」

「えっ！　それはどういうことだ」

ライネさんは私に何も言うなとウインクをして、話を続ける。

「実はメミルが血を欲しているんだ。君も例の一件で彼女に起こっていることは知っているだろう。だけど、飲ませる血がここにはないんだ。このままでは体に負担がかかってしまう。だから、フェイトに協力を頼みたい」

「そういうことか……わかった、どうすればいい？　血を取りに行けばいいのか？」

「時間がない。メミルに君の血を与えてほしい」

「「えっ⁉」」

ここまではっきり言うとは思っていなかった。

私はフェイト様と顔を見合わせてしまう。

彼は顔を赤くして困っているようだった。私だって、たぶん顔が赤くなっていると思う。

体は血を求めているけど……そんなことは……。しかも人前で、血を吸うのだ。

断ろうとしていたら、フェイト様が少しばかり悩んだ後、

「血でいいんだな。そのくらいなら大丈夫だ」

そう言って、自分の首筋を私に差し出してきたのだ。

これにはもう我慢の限界に達していた私は噛み付くしかなかった。私は飢えた獣のように、彼の肌に犬歯を突き立て、血を啜る。

「くっ……」

彼が小さな声で呻《うめ》くけど、止めることはできなかった。

更に、その声は彼を踏みつけていた頃を思い出させて、私の中で忘れようとしていた嗜虐心をくすぐってしまう。つまり、私は彼の血を吸いながら、興奮してしまったのだ。こうなってはずっと溜め込んできたものが爆発したように無我夢中だった。

美味しい……とても美味しい！

ライネさんから定期的にもらう血など目ではない。ずっと吸っていたい。

どうやら、私は夢中になってしまったようだ。

「メミル……やばいって……クラクラしてきた」

「はっ⁉」

力のない声によって我に返ったときには、フェイト様が血の気のない顔をしていた。

ライネさんが彼の様子を診ながら、言ってくる。

「流石《さすが》に吸いすぎ。フフフッ、そんなに美味しかったのかな？」

「そんな……ことはないです」

「本当かな？　顔も真っ赤だし」

「これ以上は秘密です！」

すっかり私は元気一杯になっていた。

そして、ぐったりしたフェイト様と私の診察が始まった。ライネさんは一通りの確認が終わった後に、面白いことがわかったと言い出した。

「驚くべきことがわかったよ」

「なんでしょうか？」

「君が血を吸ったことによって、フェイトが持つ暴食スキルの影響が静まったんだ」

「本当ですか？」

「ああ、間違いないね。数値でもハッキリと出ている。それに彼の血はメミルの吸血衝動を最も効率よく抑えられている。これも検査結果からわかる」

「つまり……それって」

「メミルの思っているとおり。定期的にフェイトの血を吸うことが、彼のためにもなるし、君のためにもなる」

なんということでしょう。ライネさんから、血を吸っていいとお墨付きをいただきました。

あとはフェイト様から許可を得られたら、問題ないのですが……。私にとって血を吸うことは、衣食住の中に組み込まれているほど大事なこと。

あの美味しい血がもらえるのなら、この上なく嬉しい。一日中吸っていたいくらいだ。

だけどフェイト様と私は、いろいろとあって微妙な関係だ。

しばらくして元気になった彼は、ライネさんから先程のことについて説明を受けていた。

「そういうことか……暴食スキルからの飢えが、さっきよりも収まっているのはそのおかげだったんだな」

互いにメリットがあるので、フェイト様は考えた末に了承してくれた。

まさか、そう言ってもらえるとは思ってもみなかったので、内心で大喜びだった。ニヤつきそうな顔を堪《こら》えていると、フェイト様は咳払いしながら、注意してくる。

「但し、さっきみたいに吸いすぎは禁止。死ぬかと思った」

「わかりました。気をつけます」

「あと、訊きたいんだけど……俺の血ってそんなに美味しいの？」

たくさん吸いすぎたことについて、感想を聞きたいようだった。だけど、「はい、とっても美味しいです」と、彼に対して素直に言うのは恥ずかしかった。

「それは秘密です！」

わかりきったことだけど、そういうことにしておく。だって、それに彼の血を吸っていたら、興奮してしまうなんて知られたくない。

「そっか……」

彼はそれ以上深く訊いてくることはなかった。これで一安心。

ふぅ～。なんだか……バルバトスの屋敷にやってくる前よりも、自然な私になれたような気がした。

久しぶりに楽しんでいる自分に気がついた。

だからだろうか、甘えるようについ言ってしまった。

「血が飲みたくなったら、お願いしますね」

そんな私に、少しばかり困った顔をしながらも、彼は頷いてくれた。

ずっと寂しかった私にとって、すごく嬉しかったのだ。

まだ、彼とは埋めきれないものがあるけど、なんだかうまくやっていけそうな気がした。

私がずっと欲しかったのは、フェイト様みたいな兄だったのかもしれない……そう思えてきたからだ。

あれから、フェイト様とロキシー様が入れ替わったり、ゴブリン・シャーマンとの戦いに加わったりした。

彼の側にいると、いろいろなことが次から次へと起こって大変だ。おそらく、暴食スキルが戦いを呼び込むのだろう。私はそう思っている。

そして、ラーファル兄様とハド兄様のお墓の前で、フェイト様にちゃんと自分の気持ちを話せてよかったと思う。

きっと、あの時に伝えられなかったら、私は今回のハウゼンへ向けた旅に一緒に行くことはできなかっただろう。

気がつけば次第に慕い始めている自分がいた。兄という目上の立場でありながらも、私の一挙手一投足にあたふたする彼は可愛かった。

メイドとして従いながらも、たまに昔を思い出してイタズラを働き、彼の反応を見ては嗜虐心を満たしているのは私だけの秘密だ。

私は隣を並走するバイクに目を向ける。

ロキシー様を後ろに乗せて、楽しそうに運転をしている。

これから、想像を超えた強敵との戦いが待ち構えているかもしれないというのに……彼の顔からは不安など感じ取れない。

目線はあの地平線のずっと先を見つめているようだった。私もその先を見ていたいと思う。

そのために、彼に付いていくことに決めたのだから。

あとがき

お久しぶりです。一色一凛です。

とうとう第五巻です。

今まで旅を繰り返していたフェイトが落ち着いて、聖騎士として過ごしているはず……。

ほのぼの感を少し含みながらも、いつもの『暴食のベルセルク』を目指しました。

やはり、ロキシーとの入れ替わりが大きなイベントの一つかなと思っています。私としては、ほのぼの感をどうやって出そうかと考えて、「そうだ、入れ替わりしかない」という流れになった感じです。

本音を言えば、入れ替わりものを書きたかっただけです。

コミカルさを出しながら、フェイトが抱える問題（暴食スキル）をロキシーが身をもって知ることが目的でした。アイシャが少々暴走していましたが、いつものことです。

そして、メイソンに勘違いされたフェイトは、またしても煽りを食う。暴食スキル保持者らしく、何でも喰らってしまうフェイトでした。

さて、恒例となりつつある『暴食のベルセルク』の登場人物を召喚する儀。今回のあとがきは、いつもよりも少ない四ページとなります。う〜ん、悩ましい……ここは王道でいきたいと思います。

　では召喚!!　まずはフェイト。


「うあぁぁぁ、ここは……もしかして」

「こんにちは、フェイト。第三巻ぶりですね。またよろしくお願いします」

「またですか!?　脈絡なく呼び出される身にもなってください」

「それはすみませんでした。しかし、今回もあなたにとって心強い人を呼んでいます」

「えっ、誰？　またマインとか？」

「さすがにそれはないですよ。前回は痛い目に遭いましたから。同じ轍は踏みません」

「なるほど、なら一体……」

「召喚!　ロキシーです」

「よろしくお願いします。フェイもよろしくね」

「あああぁぁ、ダメだよ。こんな場所に……なんてことをするんですか!」

「いやいや、事前にお話して許可をもらっているから、大丈夫」

「えっ、俺はそんな話をまったくもらった経験がないですけど」

「さあ、ロキシーにインタビューしましょう！　やっとメインヒロインらしく登場が多くなってきましたね」

「やっとという感じです。フェイは放っておくとすぐに何処かに行ってしまう放浪癖がありますから、大変です」

「放浪癖⁉　いやいや、俺は……」

「たしかにそうですね。彼が一つのところに留まるのは、珍しいですから。そういう意味でも第五巻は、一味違いました」

「……入れ替わりもありましたし」

「これは大きな進展だと思います。実際のところ、どうなのですか？」

「ちょっと待った！　そういうことを聞くために俺たちを呼んだのですか？」

「はい。第五巻をもってしても、フェイトからしたら大きな進展があったように見えませんでしたから。ここはロキシーに聞いてみようと思ったわけです。で、どうなのですか？」

「そ、それは……」

「ロキシーが困っているじゃないですか！」

「なら、フェイトはどうなのですか？」

「そ、それは……」

「二人共、顔を赤くして俯くとは、反応が同じすぎる。あとがきは四ページしかないんですよ。はっきりしないと、このまま召喚し続けることになりますよ」

「くっ……第六巻で」

「それは、どういう意味ですか？　フェイトさん」

「第六巻で、頑張ります！」

「ほう、何らかの方向性を出すと！　それは約束できるのですか？」

「はい。男に二言はないです」

「これは力強いお言葉。ロキシーも目を輝かせて期待しているようなので、よろしくお願いします」

「フェイ……」

「一体、フェイトとロキシーはどうなってしまうのか。乞うご期待、第六巻でまた会いましょう！」


　ということで今回はフェイト、ロキシー、一色によるスリーマンセルでした。少しでもお楽しみいただけたら幸いです。

コミカライズは滝乃大祐先生に引き続き連載していただいております。まさに第五巻の内容が進行中です。登場キャラを生き生きと描いていただいております。原作と一緒に合わせて読んでもらえると幸いです。

最後に、文庫化に合わせて新しいカバーイラストをfameさんに描いていただきました。いつも魅力的なものをありがとうございます。また、サポートしていただいた担当編集さん、関係者の皆様に感謝いたします。

では次巻で、またお会いできるのを楽しみにしております。

ファンレター、作品のご感想をお待ちしています!

【宛先】
〒104-0041
東京都中央区新富1-3-7　ヨドコウビル
株式会社マイクロマガジン社
GCN文庫 編集部

一色一凛先生 係
fame先生 係

【アンケートのお願い】

右の二次元バーコードまたは
URL（https://micromagazine.co.jp/me/）を
ご利用の上、本書に関するアンケートにご協力ください。
■スマートフォンにも対応しています（一部対応していない機種もあります）。
■サイトへのアクセス、登録・メール送信の際の通信費はご負担ください。

GCN文庫

暴食《ぼうしょく》のベルセルク
～俺《おれ》だけレベルという概念《がいねん》を突破《とっぱ》して最強《さいきょう》～⑤

2022年9月25日　初版発行

著者　一色一凜《いっしきいちか》
イラスト　fame《ふぇーむ》

発行人　子安喜美子
装丁／DTP　横尾清隆
校閲　株式会社鷗来堂
印刷所　株式会社エデュプレス
発行　株式会社マイクロマガジン社
〒104-0041　東京都中央区新富1-3-7　ヨドコウビル
［販売部］TEL 03-3206-1641／FAX 03-3551-1208
［編集部］TEL 03-3551-9563／FAX 03-3297-0180
https://micromagazine.co.jp/

ISBN978-4-86716-334-4 C0193

圧倒的な迫力で
コミカライズ!!!
暴食のベルセルク
~俺だけレベルという概念を突破する~
BERSERK OF GLUTTONY
[THE COMIC]
滝乃大祐
原作/一色一凛
キャラクター原案/fame
滝乃大祐
[THE COMIC]
BERSERK OF GLUTTONY
暴食のベルセルク
原作/一色一凛
8
コミックス1~8巻
好評発売中!!!
ライドコミックス/定価693円(630円+税10%)

GCN文庫

霜月さんはモブが好き

恋するヒロインが
少年の運命を変える

霜月さんは誰にも心を開かない。なのに今、目の前の彼女は見たこともない笑顔で……「モブ」と「ヒロイン」の秘密の関係が始まった。

八神鏡　イラスト：Roha

■文庫判／①～③好評発売中